書下ろし

百まなこ

高積見廻り同心御用控

長谷川 卓

祥伝社文庫

目次

登場人物紹介

〈滝村家〉

滝村与兵衛《たきむらよへえ》　南町奉行所高積《たかづみ》見廻り同心。三十九歳。通称・滝与《たきよ》の旦那。

多岐代《たきよ》　与兵衛の妻。旧姓榎本《えのもと》。父は北町奉行所同心。

与一郎《よいちろう》　与兵衛の長男。十歳。

豪《ごう》　与兵衛の母親。六十一歳。

朝吉《あさきち》　与兵衛の中間《ちゅうげん》。

〈南町奉行所〉

大熊正右衛門《おおくましょうえもん》　年番方《ねんばんかた》与力。

五十貝五十八郎《いそがいいそはちろう》　高積見廻り与力。

塚越丙太郎《つかごしへいたろう》　高積見廻り同心。与兵衛の同僚。

占部鉦之輔《うらべかねのすけ》　定廻《じょうまわ》り同心。

瀬島亀市郎《せじまかめいちろう》　定廻り同心の古株。六十一歳。

故・里山伝右衛門《さとやまでんえもん》　定廻り同心。

中津川悌二郎《なかつがわていじろう》　下馬《げば》廻り同心。三十八歳。

寛助《かんすけ》　岡っ引。六十三歳。妻の千代《ちよ》に小間物屋を任せている。

《はぐれ》の仙蔵《せんぞう》　神田佐久間《かんださくま》町の岡っ引。

第一章　主水河岸《もんどがし》の寛助《かんすけ》

一

文化《ぶんか》七年（一八一〇）、陰暦四月八日。

この日は釈迦《しやか》生誕の日で、江戸にある寺院は、花で飾った小堂、花御堂《はなみどう》を作り、釈迦の像を立て、町屋の者は甘茶を像の頭から掛けて生誕を祝った。灌仏会《かんぶつえ》、あるいは仏生会《ぶつしようえ》とも花祭とも言った。詣《もう》でた人々は甘茶を持ち帰り、飲んだり、目を洗ったりした。甘茶で目を洗うと、目がよく見えるようになるという言い伝えがあったのである。

また、この日は、朝から卯木《うつぎ》売りが卯《う》の花を売りに市中を回っていた。悪鬼払いのために、家の門戸に挿《さ》していた柊《ひいらぎ》と鰯《いわし》の頭を取り払い、卯の花に替えるためである。卯の花は二文で商われていた。

江戸の庶民は、灌仏会を迎え、卯木売りの声を聞き、初夏の到来を実感したのだった。

南町奉行所高積《たかづみ》見廻り同心・滝村与兵衛《たきむらよへえ》は、季節の習わしや行事を好んだ。

「毎日がずるずるべったりにならぬようにと、昔の人が考えてくれたんだ。ありがたいではないか」

供をしている中間《ちゅうげん》の朝吉《あさきち》は、左様でございますねと相槌《あいづち》を打つことになるのだが、朝吉にしても季節を告げる物売りの声は嫌いではなかった。季節が移る度《たび》に異なる物売りの声が響き、それにつれて町の様子ががらりと変って行くのは新鮮な驚きでもあった。

与兵衛と朝吉は、見回りを終え、数寄屋橋御門《すきやばしごもん》内にある奉行所に帰るところだった。

高積見廻りの役目は、町屋の者が行き交う河岸《かし》やお店《たな》前での荷の積み下ろしに違反や乱暴な振舞いがないか、人出の多いところで通行の邪魔になるような荷の扱いをしていないかどうかを見回り、取り締まることであった。

定廻《じょうまわ》りや臨時廻りのように事件の調査や捕縛を役目としていない分、大立回《おおたちまわ》りはなかったが、お店や町屋の様子には詳しかった。
　その知識を買われ、何度か定廻り同心・里山伝右衛門《さとやまでんえもん》の手伝いをしたことがあった
が、高積見廻りに力添えを頼むのは沽券《こけん》に関わるという思いが他の定廻りにはあるの
か、三年前に里山が病死してからは頼られたこともなければ、捕物に加わったことも
なかった。
　八ツ半（午後三時）。奉行所の大門を潜《くぐ》った与兵衛は、石畳を右に折れ、同心の詰
所に向かった。朝吉が丁寧《ていねい》に一礼をして、奥に進んだ。中間部屋は土蔵などが建ち並
んでいる先にあった。
　与兵衛は、腰掛と囲炉裏《いろり》のある控所を通って廊下に上がると、高積見廻りの詰所に
足を向けた。見回り中に気付いたことなどを文書に認《したた》め、担当与力の五十貝五十八《いそがいいそはち》
郎《ろう》に提出するためである。特記するような違反がない限り、半切れ一枚を埋める程度
の形式的なものだった。
　詰所に入ると、唯一人の同僚である塚越丙太郎《つかごしへいたろう》の姿はなく、代りに与力の五十貝が
いた。
　与力の詰所は、奉行所の玄関を入って右手奥にある。わざわざ出向いて来たことに
なる。

五十貝は当年五十五歳。三十九歳の与兵衛より一回り以上年上だった。

「お呼びいただければ、こちらから出向きましたものを」

恐縮して見せる与兵衛に、いやいやと顔の前で手を横に振って、五十貝が言った。

「用と言うのは私ではないのだ。大熊《おおくま》様なのだ」

大熊正右衛門《しょうえもん》は、年番方《ねんばんかた》与力と言う同心を支配・監督する与力を束ねる最高位の与力の職に就《つ》いていた。町奉行を除くと奉行所で一番偉く、町奉行と言えど実務に長《た》けている年番方与力には頭が上がらなかった。同心らは、年番方与力を敬意を込めて《御支配》と呼んだ。

「御支配が何か」

「さて、それが分からぬのだが、心当りは？」

「ございません」

「そうか」五十貝は首を捻《ひね》ってから、「行けば分かるであろう」と言った。

年番方与力の詰所は、他の与力の詰所の更《さら》に奥にあった。

十三の歳に出仕した与兵衛は、これまでに何度か年番方与力の詰所に入ったことがあったが、それらはすべて無足《むそく》見習から見習に昇格した時のように、格が上がった時であった。

年番方与力の詰所には先客がいた。定廻り同心の占部鉦之輔《うらべかねのすけ》だった。占部は、鬼と異名を取った名同心の息《そく》で、四十九歳になる。

五十貝に続いて与兵衛も板廊下に膝《ひざ》を突いた。五十貝に気付いた大熊が、何をしておる、と言った。

「待っておったのだ。入るがよい」

踏み締めた板廊下が、微《かす》かにきしんだ。何の御用なのか。与兵衛は、冷たく張り詰めたものに、背をぐいと押されたような気がした。

「盗賊・蛇籠《じゃかご》の義助《ぎすけ》の隠れ家が判明いたしたのだ。上平右衛門町《かみへいえもんちょう》の蕎麦屋《そばや》《遠州屋《えんしゅうや》》だ」

大熊はそれだけ言うと、占部を見た。

「この一両日のうちに」占部が引き取り、与兵衛に言った。「大捕物があるのだが、あの辺りに詳しいそうだな?」

「石切河岸《いしきりがし》ならば、猫の通り道まで存じております」

上平右衛門町は俗に石切河岸と呼ばれており、荷揚げがあれば必ず監視のために出向く河岸のひとつだった。

《遠州屋》にも、一度入ったことがあった。しかし、蕎麦汁《そばつゆ》の味が気に入らず、二度と暖簾《のれん》を潜ったことはない。ただ、同じ通りにある書物問屋が、虫干《むしぼ》しのためか、書物をお店脇に広げるので、しばしば注意をしに立ち寄っていることもあり、《遠州屋》周辺の路地には精通していた。

「頼もしいの」大熊は呟くように言うと、話を進めるよう手で促《うなが》した。

「《遠州屋》を取り囲み、一網打尽《いちもうだじん》にするつもりでいるが、ある男のことが気掛かりなのだ」

占部が、いまいましげに顔を顰《しか》めた。

「男の名は、猿《ましら》の伊八《いはち》。助《す》けとして一味に加わっている。軽業《かるわざ》をしていたことがあってな。三年前にも取り囲んだことがあったのだが、屋根伝いに巧《たく》みに逃げられているのだ。軒続きの町屋すべてを捕方で取り囲みたいのだが……」

占部が首を横に振ってから言った。

「まさか、それも出来ぬでな……」

通りと通りで仕切られた軒続きの町屋すべてを捕方で囲むとなると、京間の縦二〇間（約三九メートル）横六〇間（約一一八メートル）四方に捕方を立たせることになる。

大捕物となれば、南北両奉行所から人員が繰《く》り出されるのだが、それにしても大人数になってしまう。大熊は目を閉じ、腕組みをしたまま聞いている。

「そこで、お店やお店周りに詳しい高積見廻りの知恵を借りたい。あの辺りから逃げると、どこに逃げると思うか、何ぞ考えがあるか」

与力の五十貝が、与兵衛を見た。

「お尋ねしても?」与兵衛が訊《き》いた。

「構わねえよ」占部が答えた。

「伊八の身の丈は?」

「およそ五尺七寸(約一七三センチ)くらいであろうか。痩《や》せて、手足が長い」

大柄だった。痩せてはいても、逃げるとなると、板塀の隙間を擦り抜けるより屋根を選ぶだろう。

「屋根伝いに逃げた時の足の運びは?」

「平地を走るようであったわ。まるで猿よ」

「舟はどうでしょう? 艪《ろ》の扱いは」

「達者なものだ」

屋根を走り、舟も使うとなれば、逃げ行く先は見当が付いた。

「分かりました」与兵衛が言った。「《遠州屋》から脱するのを阻止するのは難しいでしょうが、どこに逃げるかは分かりました。そこで捕えるという方法はどうでしょうか」

「もう分かったのか」大熊が驚いたように目を剝《む》いた。「まさか、其《そ》の方、奴の新たな隠れ家を知っているとでも申すのではあるまいな」

「そのようなところは存じません。屋根を伝ってどちらに逃げるのか。どこで地に下り、どの裏道を抜け、どこに出るか。その見当が付くというだけです」

「実《まこと》か」五十貝が小声で訊いた。

「言ってみてくれ」占部が、身を乗り出した。

与兵衛は懐紙《かいし》を広げると、常時携帯している矢立の筆先を嘗《な》め、《遠州屋》の周囲の略図を描き始めた。

「ここが《遠州屋》。ぐるりを取り囲まれたとすると、やはり二階から屋根伝いに逃げ出すでしょう。屋根から四囲を見下ろすと御用提灯《ごようちょうちん》の海のはずですから、先《ま》ずは東方にある《但馬屋《たじまや》》の方に走るに相違ございません。西方に行かぬのは、すぐに屋根が尽きるからです」

「《但馬屋》や《伊勢《いせ》屋》の庭にも捕方を配すつもりだ」

「下りません。まだ走るはずです。東に四軒行くと萬《よろず》羽根《はね》問屋の《吉野《よしの》屋》がございます」

「途中に路地があるであろう?」大熊が口を挟んだ。

「三カ所ございますが、猿と異名を取る程の者ならば飛び越えられる幅かと」

「飛んだといたそう」占部が言った。

「《吉野屋》ですが」与兵衛は、お店の位置を指先で押さえた。「ここは一度盗賊に狙われたことがあるので、戸締まりが厳重で、それゆえ板塀や裏木戸も堅牢《けんろう》に出来ております。が、軒にかかる程の柿の古木がございますので、奴は屋根から柿の木を伝って板塀に下り、その上を走って、隣の《甲州屋《こうしゅう》》の庭へ出るはずです」

「何ゆえ《吉野屋》には下りぬのだ?」占部が訊いた。

「番犬がいるのです。棒で殴れば簡単に始末が付くような番犬ですが、吠《ほ》えられ、人の注意を引くよりは、隣家を選ぶはずです」

「番犬がいることまで、伊八が知っていようか」大熊が言った。

「多くの修羅場《しゅらば》を掻《か》い潜《くぐ》って来た盗賊ならば、用心深く調べているかと存じますが」

「そこで待ち構えておればよいのか」占部だった。

「万が一にでも気取られると、また屋根に上がられてしまうので、ここは放っておくべきかと」

「では、どこで捕えるのだ?」

「庭から裏の久兵衛《きゅうべえ》長屋を抜けたところで、羽織《はおり》なんぞを持ち出していればそれを羽織り、素知らぬ顔で石切河岸にひょっこり現れるはずです。そこで待っていれば、逃げ場はありません。造作もなく捕えられるでしょう」

与兵衛は言い切ると、大熊と占部を見た。

数瞬の後、占部が略図から目を上げ、

「俄《にわか》には信じ難いが」と言った。「参考になった。人を配しておこう」

「御苦労であったな」大熊が、五十貝と与兵衛に頷《うなず》いて見せた。

五十貝が、与兵衛を促《うなが》すようにして畳に手を突いた。

年番方与力の詰所を辞したふたりは、廊下で当番方の同心と擦れ違った。当番方は玄関脇に詰め、受付や当直を担当する役目である。当番方の同心は、ふたりが出て来た年番方与力の詰所に入って行った。時が時である。《遠州屋》に関する知らせがもたらされたと、容易に想像が付いた。

「出役《しゅつやく》であろうか」五十貝が言った。

「恐らくは……」

ふたりが話す間もなく占部が年番方与力の詰所から飛び出して来た。与兵衛を見て、来るか、と訊いた。

「今夜か明朝、捕物になる。石切河岸に逃げるかどうか、確かめたかねえか」

「しかし……」

高積見廻りの役目からは外れている。言葉を濁《にご》した与兵衛の肩を五十貝が叩《たた》いた。

「御支配のお許しは私が受けておくゆえ、行って参れ。御新造《ごしんぞ》にもひとを走らせておくからな」

「では、一晩お借りします」

占部は、五十貝に言い置くと、与兵衛を連れて定廻りの詰所へと向かった。

定廻りの詰所には、ふたりの同心が残っていた。六人いる定廻り同心のうち、ふたりはまだ町回りから帰らず、ひとりは《遠州屋》の隣に設けた見張り所に詰めているのだと、占部が話しながら網代笠《あじろがさ》や袴《はかま》を取り出している。見張り所に入るための変装用の衣装であった。

と言うのも、八丁堀《はっちょうぼり》の同心は、遠くから見てもそれと分かるような姿で町を見回っていたからである。着流しに、三ツ紋《みつもん》付きの黒羽織。その裾《すそ》を帯に挟み上げて丈を詰めた巻《まき》羽織という独特の着方で羽織り、裏白の黒足袋に雪駄《せった》を突っ掛け、髷《まげ》は小銀《こいち》杏《よう》に結う。それは、定廻りだけでなく高積見廻りも同様であった。

「何をぼんやりしている。着替えぬか」

「私もですか」

「当り前だ。一緒に行くのだろうが」

占部は中間の嘉助《かすけ》を呼ぶと、何事か言い付け、羽織を脱ぎに掛かっている。与兵衛も倣《なら》った。着替えを済ませたところに、嘉助が与兵衛の中間・朝吉を伴って戻り、廊下で膝を突いた。占部が命じたのだろう。ふたりとも紺看板（紺木綿《もめん》の法被《はっぴ》）に梵天《ぼんてん》帯《おび》、千草《ちぐさ》の股引《ももひき》に脚絆《きゃはん》、紺足袋という中間の装いを脱ぎ、町人の風体《ふうてい》に替えている。

「おう、入れ」

占部が嘉助に詰所の入り口脇を指さした。嘉助は、御用箱の中から鎖帷子《くさりかたびら》、鎖鉢《くさりはち》巻《まき》、籠手《こて》、臑当《すねあて》などの出役の装束《しょうぞく》や備品を取り出し、布袋に詰め替えると、占部が脱いだ着物と羽織を畳んでいる。朝吉は、嘉助を見習って与兵衛の脱いだものを畳み始めた。

「わくわくするぜ」占部が拳を掌《てのひら》に叩き付けた。

「暴走しそうになったら、止めてもらえるとありがたいのだが」居残りの定廻りのひとりが与兵衛に言った。「何せ、乱暴でな。骨を二、三本へし折らぬと鎮《しず》まらぬのだ」

大捕物などがあると、その後で定廻りの捕縛の様子が話題になった。その中でも占部の立ち回りは群を抜いて派手であった。

「それにしても」ともうひとりの定廻りが与兵衛に訊いた。「何ゆえ、捕物に加わるのだ？」

「聞いてくれ」

猿の伊八の逃げ道を読み解いたのだと、占部が言った。それを確かめるのよ。

「結果を教えてくれ」

「俺にもな」居残りのふたりが声を揃えた。

朝吉が心配そうに与兵衛を見上げた。嘉助は、表情を変えずに膝に手を乗せている。

「行くぜ」

占部が与兵衛に言った。

二

滝村与兵衛は占部鉦之輔とともに、七ツ半（午後五時）前に見張り所に入った。占部は直ちに出役の装束に着替え、与兵衛はいつもの八丁堀の姿に戻った。

《遠州屋》は早仕舞いをしたらしく、揚《あ》げ戸《ど》を下ろしている。

見張り所は、《遠州屋》と路地ひとつ挟んで隣り合う、小間物問屋の二階隅に設けられていた。

細く開かれた障子窓に額《ひたい》を寄せ、隣家の出入りを見張っているひとりを除くと、灯のない部屋の中に出役姿を整えた四名の者が壁を背にして座っていた。言葉はなく、頷くだけの挨拶《あいさつ》を済ませてから、隣室に移った。当番方与力と同心二名が茶を啜《すす》り、廊下には、詰めている定廻りから手札（身分証明書）をもらっている岡《おか》っ引《ぴき》が控えていた。与兵衛を見て、皆が一様に驚いたような反応を見せた。隣室でも同じだった。敢《あ》えて説明しようとしない占部に従い、与兵衛も己が何ゆえここにいるのか話そうとはしなかった。

この出役には、当番方与力が三名、同心が九名、それに定廻りからふたりの同心が出ていた。残りの者たちは、近くにある酒井左衛門尉《さかいさえもんのじょう》の下屋敷で装束を改め、待機しているはずだった。

音に気遣いながら階段を駆け上がって来る足音がした。占部が使っている岡っ引・入堀《いりほり》の政五郎《まさごろう》だった。

「蛇籠の義助、確かに隠れ家におりやす。厠《かわや》に入るところを、瀬島《せじま》の旦那が」

瀬島亀市郎《かめいちろう》。定廻りの古株だった。

「見たのか」

「へい」政五郎が首を縦に振り、目を光らせた。「間違いねえと」

「伊八は？」

「出掛けた様子はありやせん」

「いるんだな」

「と思われやす」

占部が当番方与力に目を遣《や》った。与力が頷いた。

「よし、お前は酒井様の下屋敷に走って、直《ただ》ちに道を塞ぐように伝えろ」

「合点《がってん》でやす」

政五郎に続いて、階段の上がり端で控えていた子分の梅次《うめじ》と勝太《しょうた》が駆け下りた。

占部は隣室の者らにも改めて伝えてから、「茶をもらおうか」と当番方の同心に言った。

与兵衛の背後で小さくなっていた朝吉が、私が、と言って進み出た。

「茶を飲む暇は十分にある。高積も飲んだらどうだ？」

「いただきますか」

与兵衛はその場に腰を下ろし、胡座《あぐら》を掻いた。捕物に加わるのは三年振りのことになる。

里山も、よく茶を飲んでいた。

「おっ、済まねえ」

占部が朝吉から湯飲みを受け取っている。

与兵衛は、占部が里山の後釜として、風烈《ふうれつ》廻りから定廻りの同心に抜擢《ばってき》されたことを思い出した。占部の先代は定廻りの同心であり、与兵衛の先代は町火消人足 改《まちびけしにんそくあらため》の同心だった。

与力にせよ同心にせよ、家督を継いでも、役職をも受継ぐという訳ではない。特に、町屋の者を相手にする外役では、当人の経験と力量が勘案された。与兵衛は二十五歳の時に父を失ったので、気の荒い火消の棟 梁《とうりよう》どもを相手にするには若いと見做《みな》され、高積に回されたのだった。いずれは町火消人足改に戻されるのだろうと思っているが、それを決定するのは大熊正右衛門であった。

「ここに置いておきます」

朝吉が手許《てもと》に湯飲みを置いた。

「ありがとよ」

渋い茶だったが、美味《うま》かった。口の中のぬめりが消えた。猿の伊八がどう逃げるのか。この目で見定めてくれるか。与兵衛は、そのことに集中することにした。

「政五郎が戻って参りました」

障子窓から通りを見下ろしていた者が小声で叫んだ。

当番方の与力が、占部を見た。

「ひとりも、捕り逃すな」占部が、皆に鋭く言い放った。出役の装束の立てる音が、部屋に響いた。着流し姿の与兵衛と朝吉は尻に回った。

占部は、するすると通りに歩み出ると、捕方の配置を確かめてから、一方にいる捕方に手で合図を送った。大槌《おおづち》を担いだ者を含め、十五名程の捕方が占部の四囲に集まった。占部を先頭にして、一団が《遠州屋》の潜り戸の前に移った。

占部が、やれ、と十手で潜り戸を指した。大槌が振り下ろされ、潜り戸が吹っ飛んだ。と同時に、丸太を抱えた捕方が揚げ戸を押し上げた。

喚声《かんせい》とともに占部と捕方が土間に飛び込んだ。ものが倒れ、壊れる音の後に罵声《ばせい》と絶叫が続いた。

《遠州屋》の二階の障子窓が開け放たれ、数人の男どもが屋根瓦《がわら》に飛び移った。逃げ惑っている者もいれば、こうと決めていたのか、即座に走り出した者もいる。気付いた捕方が、六尺棒を投げ付けた。ふたりが足を絡《から》め取られ、地面に落下し、ふたりが棒を躱《かわ》した。躱したふたりが、左右に別れた。

（左か……）

右の者とは足の運びが違った。伊八に相違なかった。与兵衛の足も左に動いた。

《遠州屋》から半裸の男が、通りに躍り出て来た。男は辺りを見回してから、御用提灯の波に気付き、その場に座り込んだ。

「捕えい」当番方与力が、脇にいる同心に大声で命じた。

与兵衛は与力の脇を摺《す》り抜け、伊八の後を追った。伊八は路地を飛び越え、屋根を伝って逃げている。

「先回りするぜ」与兵衛は朝吉に言った。

《遠州屋》から出て来た占部が、何事か叫んだような気がしたが、与兵衛には聞き返す暇はなかった。石切河岸へと急いだ。

町屋の衆は、関わり合いになるのを恐れ、引き籠《こも》っているのだろう、石切河岸は人気が絶えていた。

与兵衛は明樽《あきだる》を逆さにして腰を下ろし、息を整えながら町屋を見詰めた。

読みが正しければ、間もなく伊八が逃げて来るはずだった。

「旦那、誰か参りやす」

朝吉が目の下を膨《ふく》らませ、通りの先を見据えた。

格子縞《こうしじま》の羽織を纏《まと》った男が、足取りも軽やかに現れた。男は与兵衛を見て、一瞬表情を固めたが、

「御苦労様にございます」

目を伏せて通り過ぎようとした。

待ちな。声を掛けたのは与兵衛だった。

「ここで手前《てめえ》を待っていたんだ。それだけでは愛想がねえってもんだぜ」与兵衛が男に声を掛けた。

「はっ？」男がとぼけて見せた。

「下手な芝居をするな。手前が伊八だってことは、ばれているんだ」

「旦那、お人違いでございます」

「足を洗っている暇はなかったはずだ。足の裏を見せてみな。屋根瓦の上を走ったんだ。さぞかし真っ黒だろうぜ」

男は草履に乗せた足をにじるようにして引いた。

「見せられねえってか」

「どうして、ここに逃げて来ると分かった？」

「手前のような小悪党が考えそうなところだからよ」

「そうですかい」

言うが早いか、伊八は懐《ふところ》に手を入れ、九寸五分《くすんごぶ》を抜き払うと、与兵衛の胸板目掛けて突き立てた。寸で躱した与兵衛が、十手で男の肩口をしたたかに打ち据えた。がくっと膝を突きながら懸命に短刀を構え直そうとした男の手に、与兵衛の十手が飛んだ。男の手から短刀が跳ね落ちた。

「朝」捕縄を朝吉に放った。

「へい」

朝吉が捕縄を掛けているところに、出役姿の占部が駆け付けて来た。占部は御縄を受けている伊八と与兵衛を交互に見ると、怒ったような顔をして言った。

「恐れ入った。いや、参った……」

占部は、一旦言葉を切ってから、話がある、と言った。

「明朝、俺の詰所まで来てくれ」

「朝は、ちと……」

「何がある？」

「ここ暫《しばら》くは初鰹《はつがつお》が河岸に上がるので、見回らねばなりません。それに」

明日は上方から酢《す》や油に木綿《もめん》などの下り物を積んだ菱垣廻船《ひがきかいせん》が、朝のうちに着くはずだった。

「御釈迦様に初鰹、夏になるのか」仕方ねえ、と占部が言った。「八ツ半（午後三時）頃では、どうだ？　その時分なら、俺も見回りから帰る」

魚河岸《うおがし》は、日本橋川《にほんばし》の北岸、日本橋と江戸橋に挟まれた一帯にあった。魚問屋の数は百二十余軒。一日千両の金が動くと言われる程の賑わいを見せる日本橋の魚河岸だが、初鰹が水揚げされるとなると、いつもの数倍の人出となった。日本橋の他にも本《ほん》芝《しば》、芝金杉《しばかなすぎ》などで魚市が立ったが、扱う魚介《ぎょかい》の量や動く金は遠く及ばなかった。

四月九日。この日、与兵衛と塚越丙太郎は中間を連れ、七ツ半（午前五時）を過ぎた頃には魚河岸に詰めていた。

魚問屋間のいざこざや気の荒い河岸の連中の喧嘩沙汰《けんかざた》を見回るためと、向こう岸にある活鯛屋敷《いきだいやしき》から出向いて来る《手付け》と呼ばれる役人と河岸の連中との揉め事を裁くためだった。活鯛屋敷は、幕府の魚御買上所で、城中で役人が食す大量の魚を安価で買い付けることで、河岸の者から嫌われていた。

六ツ半（午前七時）。与兵衛と塚越は日本橋を離れ、鉄砲洲《てっぽうず》に向かった。積んで来た荷は、鉄砲洲で菱垣廻船から小舟に移され、水路に運び込まれるのである。

与兵衛と塚越は、鉄砲洲は稲荷橋の東詰にある浪除稲荷《なみよけいなり》近くに設けられた臨時の詰所に腰を下ろし、水夫《かこ》の動きに目を配った。

「わざわざの御運び、ありがとう存じます」

問屋衆の束《たば》ねをしている者や、水夫を斡旋《あっせん》している元締《もとじめ》などが、入れ替り挨拶をして行く。この連中からは、年に二度、あるいは三度に分けて、奉行所か組屋敷の方へ付届《つけとどけ》が来ることになっていた。同様の付届は魚河岸の魚問屋からもあった。当時は賄賂ではなく、便宜《べんぎ》を図ってもらうための、当然の挨拶と考えられていたのだ。高積見廻り同心の禄高は三十俵二人扶持《ぶち》でしかなかったが、付届の御蔭で内証《ないしょう》は裕福なものだった。

高積見廻りに限ったことではない。定廻りを筆頭に、それぞれの役目に応じて、それなりの額の付届が届けられた。同心個人宛に来た付届はその者のものになったが、奉行所に届けられたものは、蓄えられ、年末に平等に分けられた。何やかやで少ない者でも、二、三百両に達したという。

昼前に奉行所に戻った与兵衛と塚越は、担当の与力である五十貝に先ず口頭で報告をし、次いで日録に書き記す作業に移った。日録を書き終えれば、一日の仕事の大半は終ったことになる。河岸の見回りは朝が早いという欠点があったが、上がりが早いという利点もあったのである。

市や祭礼の見回りとなると、こうは行かない。朝がゆるりとしている代りに、町屋の衆に酒が入る上にだらだらと長く、奉行所に戻るのが同心の引け時である夕七ツ（午後四時）を過ぎてしまうこともままあった。

――何事にも一長一短があるということだ。

五十貝は悟《さと》ったような物言いをするが、短気で人一倍苛々《いらいら》するのも五十貝だった。

八ツ半（午後三時）前に見回りから戻って来た占部は、高積見廻りの詰所に立ち寄り、昨夕の御報告をいたしたいので与兵衛共々年番方の詰所まで御足労を賜《たまわ》りたい、と五十貝に伝え、そそくさと己の詰所に戻って行った。

与兵衛は脇差のみを腰に差し、刻限前に五十貝と年番方与力の詰所に向かった。

昨日と同じように正面に大熊正右衛門が、脇正面に占部がいた。

「猿の伊八の件、図星《ずぼし》であったと聞いたぞ」見事な読みであったな、と大熊が言った。

「はは」平伏した五十貝が、与兵衛に応《こた》えるよう促した。

「たまさか、あの近辺を存じていただけのことでございます」与兵衛は思った通りに応えた。

「其の方の傲《おご》りのない物言い、感じ入ったぞ。武士《もののふ》たる者、斯《か》くありたいものよ」のう、鉦之輔、と大熊が占部をからかうような口調で言った。

左様でございますな。占部も、他人事のように言葉を返している。

「今日来てもろうたのは、他でもない」と大熊が、軽く咳払《せきばら》いをしてから言った。

「其の方の眼力を見込んで、ちと頼みがある」

「と仰せになられますと？」与兵衛が尋ねた。

「《百まなこ》という名を聞いたことがあろう」

《百まなこ》とは、顔の上半分だけを隠す、紙で出来た面のようなもので、目鬘《めかずら》とも言われていた。童《わらべ》の遊び道具でもある、この《百まなこ》を付け、殺人を行う凄《す》腕《うで》の者がいた。この者、定廻りと臨時廻りが岡っ引どもを総動員して血眼《ちまなこ》になって調べたにも拘《かか》わらず、全く正体が知れなかった。ただし、江戸の闇を支配する者どもと繋《つな》がりはなく、殺しの請負人という訳ではなさそうだった。殺すのは悪行の証《あかし》を摑めぬがゆえに野放しになっている者どもだけであった。

五年前に始まり、四年前、二年前と、既に三人の悪《わる》が殺されていた。その死体の上には、必ず《百まなこ》が残されていた。

「確かに殺されても仕方のねえ悪党どもだ。だがな、《百まなこ》が殺しを楽しんでいることは間違いねえ。殺しなんぞを続けられるのは、血に飢えているからよ」

御定法《ごじょうほう》に則《のっと》っての御裁きでなければ、殺しと何ひとつ変らねえだろ。占部が口の端に泡を溜めた。

「それで、私に何を？」

「捕縛に力添えしてもらいたいのよ。御役目があるのだから、掛かり切りにとは言わねえ。が、町を見回っている時に、その眼力で《百まなこ》に関する何かを拾って来てほしいのだ。俺たちだって、ただ手をこまねいていた訳じゃねえ。調べもした。だが、正直言って、頭打ちになっていた。この状況を打破するには、新しい目が必要だと、此度《こたび》の一件で分かったのだ」

「確か」と五十貝が言った。「この二年程、《百まなこ》の噂を聞いてはいないようだな」

五十貝の問い掛けに、占部は語調を改めた。

「三件で殺しを終えたのか、これからまだ続けるのか、そこのところは分かりません。しかし、私には終ったとは思えないのです。必ず次の事件が起こる。私の勘はそう言っています」

「十日程前のことだが」と大熊が言った。「本所《ほんじょ》で《百まなこ》が出た、という騒ぎがあってな。調べたら、単なる悪ふざけだったのだが、それで俄《にわか》に《百まなこ》がまた注目されているのだ」

「このまま放っておく訳にはいかねえ。どうだろう、この一件、引き受けてみちゃくれねえか。成行きでは、《百まなこ》捕縛の先頭に立ってもらっても構わねえぞ」

五十貝に尋ねるまでもなかったが、一応御伺いを立てた。

「折角の御言葉だ。お受けいたすがよい」

「どこまで御役に立てるかは分かりませんが、高積の経験を生かし、務めさせていただきます」与兵衛は大熊と占部に低頭して見せた。

「実を申すとな、御奉行が内寄合の時に北の御奉行と、どちらが先に《百まなこ》を捕えるかで言い争われてな。そのために、きついお達しがあったのだ」大熊は苦り切った顔を隠そうともせずに続けた。「高積見廻りの支配与力として、少ない人数で多忙なのは承知しているつもりだが、捕えるか御奉行の熱が冷めるか、いずれにせよ、ここ暫《しばら》くの間のことだ、辛抱《しんぼう》してくれ」

「何を仰せになられます。勿体《もったい》のうございます」五十貝が、感動して目を赤くしている。

「例繰方《れいくりかた》の」と占部が与兵衛に言った。「椿山芳太郎《つばきやまよしたろう》に言っておくから、《百まなこ》に関する御用控を読んでおいてくれ。何かの役に立つかも知れぬ」

「心得ました」

年番方与力の詰所を辞した帰り、五十貝が与兵衛を裏に誘った。井戸の脇を抜けると、作事小屋や土蔵が建ち並んでおり、更に奥へ行くと中間部屋などがある。五十貝は、土蔵前の石段に腰を下ろすと、隣に座るようにと与兵衛に言った。助けを頼まれたのは与兵衛ひとりだけだった。同僚、塚越への心遣いを注意されるのかと思っていると、違った。

「今回がことは」と五十貝が、言った。「定廻りに抜擢するか否かの腕試しではないかと思う」

「抜擢って、誰をです？」

「お前に決まっているだろうが。他に誰がいる？」

「私が定廻りですか、冗談じゃありませんよ」

「何を言ってるんだ。三廻りは同心が望み得る最高の地位ではないか。お前、まさか

「……」

亡き父が務めていた町火消人足改に就きたいと、いつだったか何かの折に話したことがあった。それは、母の願いでもあった。

――我が滝村家は代々町火消人足改を務めさせていただいております。そなたも精進《しょうじん》を重ね、一日でも早く高積見廻りから御役目を移れるように努力なさい。

母にとって町火消人足改こそが、同心滝村家の家業であった。町火消人足改は、町火消いろは四十八組を監督し、火災の際には指揮《しき》する役目だった。

「しかし、定廻りは定員通り、六人いらっしゃるはずですが」

「瀬島亀市郎がおるだろう。六十一歳になる。そろそろ隠居してもよい頃だ」

瀬島は長男と次男を病で失っていた。跡継ぎとなった三男の利三郎《りさぶろう》は、まだ若かったはずだ。

「二十五歳だ。若いと言えば若いが、見習をさせておく年ではない。そろそろ家督を譲る気になっているのではないかな」

「利三郎殿は、随分と出来がよいと聞いておりますが」

「幾ら出来がよくとも、もう十五、六年は町を歩き回って、お前さんのように裏路地にまで精通しなければ、とても定廻りにという声は掛からぬわ」

与力も同心も世襲ではなく、一代抱えであった。つまり、親が辞めると、息子が新規召抱えになるのである。形式的にはそうだが、親が勤めている間に息子が見習として出仕することがあった。瀬島の息子もその口だった。身分がそうであるから、役職も世襲ではなく、その者の技量に合った部署に配置されることになる。

「ここは、滝村家が定廻りに就く好機と考えるべきではないかな」

欲を出せ、と五十貝が言い足した。

「五十貝五十八郎。姓名の数を足すと一〇八つ。煩悩《ぼんのう》から出来ている男の言うことだが、俺は間違ったことは言わないぞ」

「御言葉、心に仕舞い置きます」

「そうしろ。俺はやっとうがまるで駄目で、高積に就いたが、やはり悪を追い掛けてみたかった、と時折は思うことがある。この俺でさえ、な」

五十貝と玄関脇で別れ、高積見廻りの同心詰所に戻ると、塚越が我がことのように嬉しそうな顔をして待っていた。

「褒《ほ》められたか」

与兵衛に気付いた塚越が、開口一番に訊いた。

与兵衛が頷くと、俺も殆《ほとん》ど同じものを見ているのだがな、と首を捻ってから笑った。

高積見廻りの居心地の良さは、五十貝と塚越によるところが大きいのだ、と与兵衛は改めて思った。

三

滝村与兵衛が八丁堀の組屋敷に帰り着いたのは、七ツ半（午後五時）を少し回った頃だった。

木戸門を開ける音に気付いたのだろう、与一郎《よいちろう》が廊下を走る足音が聞こえて来た。与一郎は十歳、滝村家の跡取りであった。足音は玄関で止まった。

玄関に入ると、妻の多岐代《たきよ》と与一郎が嬉しげに顔をほころばせていた。

（……鰹か）

毎年のことだった。魚河岸に出張った御礼にと、魚問屋の世話役が鰹を刺身《おつくり》にして持って来てくれたのだろう。五十貝家にも塚越家にも、届いているはずだった。

「ほんの少しですけれど、朝吉さんたちの分は、お家に届けてありますから」

御用箱を玄関脇の小部屋に置き終えた朝吉に、多岐代が言った。今年五十五歳になる朝吉は、四年前に縁あって料理屋の仲居をしていた篠《しの》と祝言を挙げた。二十七歳の時に、流行《はや》り病で妻子を亡くしてからは独り身を貫き、与兵衛の屋敷で寝起きしていたのだが、祝言を機に屋敷を出、近くの長屋で暮らしていた。

「私どもにまで、いつもいつもありがたいことでございます」

朝吉が深く腰を折りながら、木戸口を出て行った。

「母上は？」

母の豪《ごう》は、珍しく風邪《かぜ》を引き、ここ数日寝込んでいた。

「何としても明日には床上げをする、と仰《おっ》しゃっております」

「まだ早いのではないか。ぶり返されても困る」

「私もそのように申し上げたのでございますが」

「聞かぬか」

「はい……」

それが母であった。

与兵衛は、板廊下を奥の隠居部屋に向かった。隠居部屋の前には、母と多岐代が丹《たん》精《せい》している菜園があった。浅葱《あさつき》の淡い紫の花が目に涼やかに映った。

「只今、戻りました」

「お入りなさい」

障子を開けると、温気《うんき》が頰《ほお》を掠《かす》めて逃げて行った。座敷に入った。

母は半身を起すと、搔巻《かいまき》の上に広げていた羽織を肩に掛けた。

「今日は少し遅かったのですね」

「はい」

昨日の捕物に関して年番方与力に改めて褒められたことと、定廻りに新たな協力を求められたことを、傲らずに、謙虚に話した。

「それは何よりです。御手柄を立てれば、早くに御父上の御役目に戻れるでしょうし、喜ばしいことです」

「はい……」

定廻り同心に推《お》されるかも知れぬとは、言い出せなかった。

与兵衛の父は、火に巻かれた町火消を助けようとして火中に飛び込み、壮絶な最期を遂《と》げた。父の葬儀の様子は、未だにくっきりと目と耳に焼き付いている。いろは四十八組の町火消が火消し装束で境内《けいだい》を埋め、寺を取り巻き、木遣《きや》りで見送った。感動で身が震えた。

それは豪にしても同じだった。豪にとって夫はすべてであった。たったひとりの息・与兵衛には、夫の跡を継ぐことを求め、折に触れ、そのことを口にした。

母の思いを負担に感じることはなかった。自らも、いつかは町火消人足改にならねばと思っていたからであり、いつかはなれるという自信もあったからだった。

「初鰹が届いたそうですね」

鎌倉《かまくら》沖で獲れた二五本が、日本橋の魚河岸に上がった。活鯛屋敷の《手付け》が六本を、《八百善《やおぜん》》などの料亭が五本を買い、一本が与兵衛らに渡り、残りの一三本が市中に出たことになる。一本二両の値が付いたと聞いていた。

「折角《せっかく》ですが、まだ生の物は控えたいので、皆で食べて下さい」

「では、床上げどころではないではありませんか」

「多岐代が言い付けたのですね」

「何を仰せになられます。母上を心配してのことではないですか」

「そうですかね」

「母上、多岐代は出来た嫁です。もう母上にもお分かりのことと思いますが」

「私は榎本《えのもと》の家の者は信じません」

榎本は多岐代の実家の姓であった。

「母上、そのことはもう疾《と》うに過ぎたことではございませぬか」

豪は、それには応えず、

「疲れたので横になります」

羽織を払うように脱ぐと、搔巻《かいまき》の上に広げた。手伝おうとした与兵衛を制して、

「年寄り扱いをするのではありません」

きつい口調で言い、目を閉じた。

「後で粥《かゆ》を届けさせます」

「後とは？」

「直ぐでも、もっと後でもよいのですが」

「小半刻（三十分）後ということにしてもらいましょうか」

「分かりました」

与兵衛は廊下へ出、溜め息を吐きながら豪の年を数えた。六十一歳になられたのかと、年毎に頑《かたくな》になってゆく母の姿に思いをいたした時、定廻りの同心・瀬島亀市郎が同い年であることに気付いた。

やはり、辞め時はあるのかも知れぬな。

隠居部屋から出ると、与一郎の姿が廊下の端にあった。与兵衛が出て来るのを見張っていたのだろう。多岐代に知らせに行くのか、台所の方へ姿を消した。

居間に入り、羽織を脱いでいると、襷《たすき》掛《が》けをした多岐代が着替えの手伝いに来た。

「母上は鰹を召し上がらぬそうだ」

「まあ、あんなにお好きなのに」

何か思い浮かぶものがあったのか、手の動きが鈍《にぶ》った。与兵衛は気付かぬ振りをして着替えを続けた。

「生の物は控えたいらしい。まだ粥でよいそうだ」

「承知いたしました」

「済まぬな、いろいろと」

「いいえ。いつか嫁として認められるように努めます」

そう口に出来る多岐代の有り様が、救いだった。

手と顔を洗い、膳の前に座った。常ならば、多岐代は後でひとりで食べるのだが、初鰹が来たのだから、と一緒に食べるよう勧めた。母が横になっているから出来ることでもあった。

初鰹の刺身を辛子《からし》醬油《じょうゆ》で食べ、青菜の漬物を摘《つま》み、浅蜊《あさり》の吸い物を啜《すす》る。与一郎が黙々と食べている。箸《はし》が茶碗や皿にふれ、思わぬ硬《かた》い音を立てた。隠居部屋までは聞こえないと分かっていたが、与兵衛は音を立てぬように気を付けた。与一郎が顔を起し、美味《おい》しいですね、と母に言った。

「この時期に食べられるのも、御父上様の御蔭です。感謝せねばなりませんよ」

「はい」

与一郎が背筋を伸ばして答えた。多岐代が刺身を一切れ、与一郎の皿に移した。与一郎の箸が即座に伸びた。多岐代が小さく笑い、与一郎も小さく笑って応えた。

突然、庭の木立の葉が騒いだ。雨が落ちて来たのだ。一頻《しき》り雨音がした後、遠くで雷が鳴った。雷は、近付いて来ようとはせず、小さくごろごろと鳴っている。

「済ませてしまおう」

与兵衛は、辛子をたっぷりと溶いた醤油に浸してから鰹を口に運んだ。鼻の奥がツンとした。初夏になるのだと口が、腹が騒いだ。

「炙《あぶ》ってみたら」と多岐代が、与兵衛に言った。「御母様も食べられましょうか……」

鰹を焼くという食べ方は試したことがなかった。しかし、

「鮪《まぐろ》は炙ると美味かったな」

「はい」

「では、鰹も美味いかも知れぬな」

「試してみます」

「頼む。母上も喜ばれよう」

多岐代が、嬉しそうな笑みを見せた。

四

明けて四月十日――。

この日与兵衛は、日本橋の魚河岸にひとりで詰めてから、鎌倉河岸《かまくらがし》の見回りに当った。

鎌倉河岸は、江戸城築城の際、鎌倉から運ばれて来た石を上げたところから名付けられた河岸だったが、この頃は石ではなく、主に房総《ぼうそう》や葛西《かさい》から送られて来る青物が着く河岸として知られていた。

鎌倉河岸で荷揚げされた青物は、大八車に積み替えられ、神田《かんだ》の多町《たちょう》にある御青物役所へと運ばれる。多町の様子を見回るのも、与兵衛の務めのひとつだった。河岸の荷とともに、与兵衛も多町に行くことにした。

青物問屋仲間の世話役が声を掛けて来た。何ということもない、時候の挨拶だった。適当に相槌《あいづち》を打っているうちに、ふと河岸沿いの大店《おおだな》《加賀屋《かが》》の店先に目が行った。

瀬戸物《せともの》問屋《加賀屋》は、商い上手の先代が一代で大きくしたお店で、今は婿《むこ》養子に入った当代が切り盛りしているはずだった。

その《加賀屋》から、懐手《ふところで》をした男が、ふらりと往来に出て来た。男は、含んだような笑みを頬に刻んだまま、悠然《ゆうぜん》と歩み去って行く。

(いやな面《つら》だ)

与兵衛は眉をひそめた。覚えのある面だった。確か、千頭《せんず》の駒右衛門《こまえもん》の子分で、名は弥吉《やきち》と言ったはずだ。

駒右衛門は、表向きは雉子町《きじちょう》の料亭《三名戸屋《みなとや》》の主だが、裏に回れば千人の子分を自在に動かす香具師《やし》の元締で、ために《千頭》という二つ名を気取っている男だった。江戸の闇を住処《すみか》とする、評判の悪である。

与兵衛は、愛想を言い掛ける世話役に急ぎ別れを告げ、《加賀屋》の暖簾を分けた。店には何か落ち着かぬ気配が漂っていた。

与兵衛に気付いた小僧が、慌てて手代《てだい》の名を呼んだ。手代に続いて番頭《ばんとう》の佐兵衛《さへえ》が振り向いた。佐兵衛が摺り足で近付いて来た。

「これはこれは、滝村様。手前どもの荷に何か」

「今日は、そのことではない」

「では、何の御用で」番頭の手が震えている。

「ちいっと聞きてえことがある」与兵衛は伝法《でんぽう》な口調に改めた。

「はい……」

「ここでは何だ。奥に行こうか」

「よろしければ、あちらで」

番頭は、奥ではなく、客の目の届かない内暖簾を潜った先を指さした。腰掛けがあり、休めるようになっている。与兵衛は、そこで何度か茶を呼ばれたことがあった。

「《加賀屋》さんともあろうお店が、妙なのと付き合っているじゃねえか」

「はて、どなたのことでございましょうか」

「とぼけなさんな。あれは金を払った者の面じゃねえ、脅し取った者の面だ」

「滝村様、仰《おっ》しゃる意味が……」

佐兵衛の額に、汗の玉が光っている。

「俺は定廻りじゃねえ、高積見廻りだ。だがな、あの野郎が千頭の子分の弥吉ってえ悪であることは知っている。それでもなお、とぼけようってのか」

「本当に何もございませんので」

佐兵衛の目が小刻みに揺れている。誰かを庇《かば》っているのは明白だった。番頭が懸命になって庇う相手は、主かその身内しかいない。

「分かった。これ以上は訊《き》かねえ。が、何かあったら、手前どもで何とかしようなどと考えるな。あの野郎どもは、手前どもで手に負える連中じゃねえ。汚ねえ奴はどこまでも汚ねえんだからな」

「そのような折には、お頼み申し上げます」

番頭が白い物の混じった頭を傾けた。

「悪いようにはしねえし、余《よ》っ程《ぽど》のことがない限り、お店のことは外には漏《も》らさねえ」

よっく相談するがいい。そしてな、俺のことを信用してもよいと決めたら、知らせろ。

与兵衛はそれだけ言うと立ち上がり、お店を出た。道草を食っている暇はなかった。まだ見回りの途中だった。

与兵衛は足を急がせ、多町の御青物役所から江戸城へと青物が運ばれるのを見届けて、市場を後にした。

「何か腹に入れるか」

中間の朝吉に言った。まだ昼餉《ひる》には間があったが、昨日同様朝餉《あさ》が早かったので、いささか小腹が減っていた。

「お供させていただきます」

「おうよ」

《加賀屋》のある鎌倉町に戻り、お店を見守りながら食べることも考えたが、更に足を進め筋違《すじかい》御門《ごもん》の方へと進んだ。

あれだけ言ってやったのだ。何かあれば、知らせて来るだろう。

だが事態は、与兵衛の予想以上に深刻だった。


四月十一日、六ツ半（午前七時）。

南町奉行所の大門を、鎌倉町の自身番の店番《たなばん》が駆け込んで来た。《加賀屋》の主・作左衛門《さくざえもん》が裏庭にある納屋《なや》の梁《はり》からぶら下がっている姿で発見されたのだ。

直ちに当番方の与力一名と同心二名が《加賀屋》に飛び、その一方で残った当番方の同心から定廻りに知らせが走った。

「この一件にお心当りがございましたならば、《加賀屋》にお向かい下さい」

占部鉦之輔には、何の心当りもなかった。

御苦労であったな。使いに労《ねぎら》いの言葉を掛け、占部は出仕の支度を整え、中間小者を引き連れて組屋敷を出た。

同じ頃、与兵衛も木戸門を開けて組屋敷を後にした。日本橋の魚河岸の見回りは、昨日当番を外れた塚越がひとりで受け持っていた。

弾正橋《だんじょう》を渡ったところで、占部ら一行に並んだ。与兵衛が挨拶をした。

「気持ちのよい朝でございますね」

「こう言っちゃ何だが、気持ちよかねえんだ。首括《くく》りが出やがった」

占部が不機嫌そうな声で言った。

「鎌倉町の《加賀屋》だが、あんな大店の主が、何でまた……」

与兵衛の歩みが鈍《にぶ》った。どうしたい？　占部の足が止まった。

「実は……」

与兵衛は昨日見たことを詳しく話した。

「こりや、お前《めえ》も《加賀屋》に行くしかあるめえ」

占部は、岡っ引・入堀の政五郎の子分・梅次に、奉行所まで走るように命じた。《加賀屋》に立ち寄るため出仕が遅れる由、高積見廻りと定廻りの詰所に知らせるためだった。

「事件に巡り合わせるのも、そいつの技量のうちだ。いい鼻してるぜ」

占部が与兵衛に言った。

駆けた。紅葉川《もみじがわ》に沿い、本材木町《ほんざいもくちょう》の通りを八丁目から一丁目まで走り、海賊橋《かいぞく》を東に見て西に折れ、一石橋《いちこく》に出た。およそ一四町（約一五三〇メートル）である。そこからは堀に沿って北上し、竜閑橋《りゅうかん》の北詰を西に行けば鎌倉町であった。およそ六、七町（約六五〇～七六〇メートル）という距離であろうか。これっぱかしの走りで顎《あご》を出すようでは、同心は勤まらない。ふたりは着流しの裾を左右に割りながら、飛礫《つぶて》のように走った。

《加賀屋》の前に、捕方が数人立っていた。ひとだかりは少ない。押し込みなどではなく、首吊《くびつ》りだからと近くの者は遠慮しているのだろう。

与兵衛は、占部に続いて《加賀屋》の暖簾を潜った。

土間や帳場前に集まっていた小僧や手代どもが、一斉に目を向けて来た。小僧のひとりが、与兵衛を見て、あっと叫んで口に手を当てた。

与兵衛が小僧に訊いた。

「番頭はどこにいる？」

小僧は答える前に手代の名を呼んだ、房之助《ふさのすけ》さん。昨日と同じ名だった。

房之助が小僧を睨《にら》んでから、進み出て来た。同じことを訊いた。

「只今、裏の納屋の方に」

「案内してくれ」

「はい」

房之助は答えてから、今まで話していた男の方を見た。男が頷いた。二番番頭なのだろう。房之助は土間に下り、履物《はきもの》に足指を通すと、こちらでございますと東方の戸を指した。表から回ると奥座敷の前を通ることになる。それを避け、家の裏手に回ろうとしたのだ。

与兵衛と占部、そして入堀の政五郎らは、湿り気を帯びた軒下を通り、納屋へと向かった。

捕方の輪の中に、番頭の佐兵衛と当番方の与力と同心が集まっていた。占部に気付いた与力が、戸板に乗せられた遺体を見下ろしながら、

「首吊りだ」と言った。「不審な点は何もないが、調べたいのなら遠慮いたすな」

「では」

占部が与兵衛を呼び寄せた。当番方が目を見合わせている。高積が何の用だ、と目が語っているのを無視して近付いた。

占部は遺体の傍らに片膝を突くと、

「舌が出ている」と言った。「首の紐痕《ひもあと》はぐるりと回らずに、耳の下で消えている。確かに首吊りらしいな。絞め殺された時はどうなるか、知っているか」

「口を開け、紐痕はぐるりと回っているとか、聞き覚えがあります」

見習の時に、定廻りのお供をして覚えたことだった。

「そうだ。他に調べることは？」

「どこからぶら下がったか、です」

占部は納屋の中を見て、あそこだ、と言った。

梁《はり》から紐《ひも》が垂《た》れており、足許近くには、踏み台にしたのか、木箱が倒れていた。

納屋に入ると与兵衛は占部に、梁に付いた紐痕を見るように言われた。木箱を重ねた上に乗り、梁の上面を見た。紐痕が乱れ、錯綜《さくそう》していた。縊死《いし》の証のひとつだった。

「医者はお呼びになられたのですか」

占部が当番方与力に訊いた。

「その必要はないと思ったので呼ばなんだ」

「呼んでもよろしいでしょうか」

「何かあったのか」与力が、一瞬頬を引き攣《つ》らせた。

「いえ、御見立ての通りと存じますが、一応念のために」

殺しの現場近くに医師がいる場合は、なるべく検分を頼むようにとの指示を年番方が発したのは、六年前だった。その年は毒殺が流行《はや》った年で、医師の助言で何件かの事件を解決することが出来た。以来定廻りは、努めて医師を呼ぶようにしていた。

「勝手にいたせ」

「何ゆえ首を括ったのか。その訳は?」

「分からぬそうだ。近頃塞《ふさ》ぎ込んでいたそうだから、気鬱《きうつ》であろう」

与兵衛が佐兵衛を睨んだ。佐兵衛は、俯《うつむ》き、凝《じ》っとしている。占部は素知らぬ顔をして、

「見付けたのは?」

と訊いた。

荷運びに雇われている男衆だった。

「待たせておりやす」

政五郎が男衆の背を押した。男衆は手拭《てぬぐい》を丸めて握り締めながら、背を丸くした。

「後は任せてもよいな?」与力が訊いた。

「心得ました」

「うむ」

与力は事件の場所や刻限などを記した調書《しらべがき》を占部に手渡すと、やじ馬の整理のためにと捕方を数名残し、同心二名を引き連れて奉行所に戻って行った。

「邪魔《じゃま》者がいなくなったところで、始めるか」

占部が政五郎を呼んだ。

「この近くの医者ってえと、誰だ？」

三河《みかわ》町に安野洞庵《あんのどうあん》という医師がいると政五郎が答えた。

「よし、勝太を走らせてくれ」

「畏《かしこ》まりました」

勝太が反射的に地を蹴《け》った。

「待たせたな、ちと来てくれ」

占部は男衆に遺体を見付けた時の様子を訊いた。

七ツ半（午前五時）頃、旦那様の姿が見えないから探すようにと、男衆にも指示が来た。

それで何気なく納屋を覗《のぞ》くと、目の前に作左衛門がぶら下がっていたということだった。

「ありがとよ」

男衆を下がらせた後、占部は番頭の佐兵衛を手招きし、耳許で言った。

「与力の旦那には、どうして首を括ったのか分からねえ、と言ったそうだな」

「……」

「主が首を括る程悩んでいたのに、番頭のお前さんが気が付きませんでした、じゃあ通らねえぜ」

「ですが、本当に手前には見当も付きませんのでございます」

「よっく分かった。お前さんでは埒《らち》が明かねえってことがな。御内儀に会わせてもらおうじゃねえか」

占部は政五郎に、医師が来たら待たせておくように言い付けると、与兵衛と番頭を伴って表へ回った。

「御内儀に、ちょっとでいいから会えねえか聞いて来てくれ」

番頭の佐兵衛を奥座敷に向かわせた。程無くして、

「こちらへ」

佐兵衛に案内されて、奥の座敷に入った。

下座に、年の頃は四十五、六の女が控えていた。佐兵衛に教えられるまでもなく、内儀であることは直ぐに分かったが、背筋を伸ばし、凛《りん》としている姿に、与兵衛は少しく戸惑《とまど》った。涙に暮れているとばかり思い込んでいたのだ。遣《や》り手《て》だったと言われる先代の血を色濃く引いているからなのか、心に乱れのようなものは感じられなかった。

「まだ医者の見立ては終っちゃいねえが」と占部が言った。「首を括ったことは間違いねえと思う」

内儀は凝《じ》っと占部の言葉を聞いており、佐兵衛がひとりで相槌《あいづち》を打った。

「こんな時に何だが、思い当ることがあったら教えちゃくれねえか」

「本当に、何も」内儀の斜め後ろに座っている佐兵衛が言った。

「お前さんじゃねえ、御内儀に訊いているんだ」

「佐兵衛の申した通りでございます」

「分からねえってか」

「はい」

「泣かねえのか」占部が訊いた。「普通は泣くだろうが」

「普通でないことが起りましたゆえ、どうしようかと思い、泣く余裕すらございません」

「昨日、妙な客が来たって聞いたが」

「来たのですか」内儀が佐兵衛に尋ねた。

「いいえ」

「来ないと申しておりますが」

「来ないと言ってるぜ」占部が与兵衛に振った。

与兵衛は、黙って佐兵衛を見た。佐兵衛は、与兵衛の視線に狼狽を隠せず、あらぬ方に目を向けた。

知っている。この番頭は、旦那が死んだ理由《わけ》を知っていて、話せないでいる。

「俺は、そんなに信用出来ねえかい？」

与兵衛が佐兵衛に訊いた。

「滅相《めっそう》もございません」

「お前らは、誰が敵で誰が味方なのか、分かろうとしていねえんじゃねえのか」

佐兵衛の目が縋《すが》るように内儀に注がれた。内儀が伏せていた顔を上げて、佐兵衛を見た。その瞬間を捕え、与兵衛が、

「決して悪いようにはしねえ」と言った。「何か思い出したら、知らせるのだぞ」

内儀と佐兵衛が、頭を下げた。

「医者はまだ来ねえのか」

占部はひとりごちると立ち上がり、廊下に出た。

雲間から柔らかな朝の光が射している。

「旦那」

政五郎だった。

「来たか」

「医者はまだで」

「では、何か見付かったのか」

「いいえ」

「では、何だ？」

下っ引の梅次が奉行所から戻って来たのだと政五郎が言った。

「その帰り道で、仙蔵《せんぞう》と出会いやして、野郎も来ておりやすが、どういたしやしょう。通してやってもよろしゅうございやしょうか」

《はぐれ》の仙蔵と言われている神田佐久間《かんださくま》町の岡っ引だった。《はぐれ》と呼ばれる謂《い》われは、子分を持たないことに由来する。

「構わねえ、通してやんな。俺も行こう」

与兵衛に声を掛け、占部は踏み石の雪駄《せった》を突っ掛けた。先に行ってるぜ。

占部の足音が裏に遠退《とおの》くのを待って、与兵衛が言った。

「俺たちは悪い奴を野放しにはせぬ。もし昨日見た奴が主を死に追いやったのならば、必ず償《つぐな》わせてやる。そのこと、忘れぬようにな」

佐兵衛の咽喉《のど》が縦に動き、内儀を盗み見た。

内儀は佐兵衛を無視し、唇を嚙《か》み締めたまま目を伏せた。

与兵衛が裏の納屋に戻った時には、医師・安野洞庵の検分が終ったところだった。

「結論が出た。自害だ」占部が与兵衛に言った。

「お調べの方は、どうなるのでしょうか」

「これまで、ということになるであろうな」

「そんな……」

「不満か」

「首を括るまでに追い詰めた者がいるはずです。そいつは、お構いなしですか」

「括らせたという証が、どこにある？　何もない以上、仕方あるまい」

「……私にこの一件、お預け願えませんか」

「預けたら、どうなるというのだ？」

「必ず証を見付け出して御覧に入れます」

「《百まなこ》はどうする？」

「一度お受けした以上、手は抜きません」

「出来るのか」

「出来ます」

「よし、分かった」

占部は当番方が書き記した調書を差し出した。

「書き写すことがあるかも知れぬ。見ておけ。返してくれるのは後でいい」

見ると、口書《くちがき》とともに番頭や手代の名と住まいが認《したた》められていた。

「ありがとうございます」

与兵衛の声に、納屋の戸口に立っていた男が振り返った。目付きの鋭い、色の浅黒い男だった。年の頃は五十絡みか。仙蔵だった。

あれが《はぐれ》だ、と与兵衛に教えたのは、同心の里山伝右衛門だった。何かの事件の手伝いをした時に、跡を尾《つ》けている仙蔵を町で見掛けたのだ。獲物を追う狼のようであろう、と言った里山の言葉が耳朶《じだ》に甦《よみがえ》った。

仙蔵に気付いた安野洞庵が、何か親しげに話し掛けている。仙蔵は生返事を返すと、煩《わずら》わしげに背を向けた。

与兵衛の視線に気付いたのだろう、仙蔵は洞庵から離れると、占部と与兵衛の前に進み出て来た。

「《はぐれ》の仙蔵だ」と占部が与兵衛に言った。「覚えておくとよいぞ」

与兵衛が答えるのを待たずに、占部が仙蔵に言った。

「こちらの旦那はな」

「高積見廻りの滝村様で」

「その通りだ。お前《めえ》、まさか、すべての同心の面《つら》を覚えている訳ではあるめえな」

「まさか」仙蔵が片頬を攣《つ》り上げるようにして笑った。「猿の伊八の一件の時、あっしもここぞと狙いを定めた場所で張っていたのでございやすが、ものの見事に取り逃がしてしまいました。それで、滝村様とはどのような御方か、ちと尾《つ》けさせてもらったんでございやすよ」

「いつのことだ?」与兵衛が訊いた。

「相済みやせん。昨日のことで」

まったく気付かなかった。

「二度とは許さぬぞ」

「もういたしやせん」

「俺はな」と占部が与兵衛に言った。「こんなことは言えた立場じゃねえが、《百まなこ》を追い詰めるのは、仙蔵かお前さんのどちらかだと思っているんだ。そのふたりが組めば、鬼に金棒だ。精々《せいぜい》仲良くしてくれよ」

仙蔵がひょいと与兵衛を見た。仙蔵の目に、値踏《ねぶ》みをするような暗い影がよぎるのを、与兵衛は見逃さなかった。

五

与兵衛が日録を書き終えるのを待って、塚越丙太郎が手で杯《さかずき》を干《ほ》す真似をした。飲むか、と訊いているのである。少々疲れてもいたし、明日は日本橋の魚河岸に詰めなければならないので断りたかったが、己ひとり《百まなこ》の探索に駆り出されたという引け目があった。そのことを話しておかねばと思いながら、切り出せないでいたのだ。話す好機かも知れない。

「行くか」

夕七ツ（午後四時）を少し過ぎた刻限だった。今から繰り出せば遅くなることはあるまい。朝吉に組屋敷への伝言を頼み、奉行所を出た。

数寄屋橋御門を通り、そのまま三十間堀川《さんじつけんほりかわ》に向かって東に行き、新《あたら》シ橋を目の前にして、川沿いを北東へ道なりに進む。真福寺橋《しんぷくじ》を越え、八丁堀に臨む蜊河岸《あさりがし》と桜河岸《さくらがし》を過ぎ、中ノ橋《なか》を北に渡ると本八丁堀の三丁目となる。

ふたりが贔屓《ひいき》にしている居酒屋《きん次》は、藍玉《あいだま》問屋と稲荷に挟まれた一角にあった。

腰高障子を開け、表から堂々と入ってもよかったが、同心を嫌う客もいる。あそこは同心が来るからと客足が遠退《とおの》いても気の毒なので、いつも裏に回ることにしていた。

裏戸から覗くと主の金次《きんじ》が包丁を使っていた。二階は空いているかと尋ねた。

「へい。お上がり下さい」

「助かったぜ。酒と、肴《さかな》は何か見繕《みつくろ》ってくれ」

塚越が先に立って二階に上がった。二階は客のための座敷ではなく、金次と女将《おかみ》の居間になっていた。

女将がとんとんと足音を立てて上がって来た。

役目の話をしていたら止めるようにと、わざと足音を立てているのである。そのような気遣いも、贔屓にする所以《ゆえん》であった。

盆には銚釐《ちろり》と猪口《ちょこ》と小鉢がのっていた。

小鉢はふたつ。ひとつは青菜と油揚げを煮付けたもので、もうひとつは、水切りした豆腐《とうふ》を焼き色が付くまで炒《いた》めたところに酒と醬油を回し入れ、もう一度さっと炒め、鰹節《かつおぶし》を振り掛けたものであった。季節によっては、大根を使ったそっくり同じものが出て来たが、与兵衛は豆腐の方を好んだ。しかし、どちらにしても酒に合った。

互いの猪口を満たし、ぐいと飲み干した。塚越がぶるっと馬のように顔を横に振った。美味いと言わずに、嘶《いなな》いて見せたのである。

思わず笑い出しそうになった与兵衛に、塚越が絡んで見せた。

「冷てえじゃねえか」

「どうした?」

「聞いたぜ、五十貝さんから。定廻りの候補になっているかも知れねえんだってな」

「いや、それはだな……」

「お前なら、当然だ。まずはよかったたな」

「済まぬ」

「俺がひがむとでも思ったのか」

早急に話さねばと思っていたのだがと、与兵衛は膝に手を置き、謝った。

「いいか、間違えるなよ。俺は喜んでいるんだからな」

塚越は豆腐を口に放り込みながら言った。

「高積見廻りのことを大店の提灯持ちという奴らがいる。そんな奴らを差し置いて、定廻りに抜擢されてみろ。溜飲《りゆういん》が下がるってもんだぜ」

もう二十年だぜ、と手酌で注いだ酒を一息で飲み、続けた。

「最後に高積見廻りから定廻りが出て、それだけ経つんだ。ここは、高積に道を作る意味からも、定廻りになってもらいたいんだよ」

少なくともこの十年は、風烈《ふうれつ》廻りと門前《もんぜん》廻りからしか出ていなかった。

「だが、問題がある」塚越がしかつめらしい顔をした。

「問題?」

「お前ひとりが候補ではあるまい」

競う相手がいるとは考えもしなかった。

「いるとすれば、中津川《なかつがわ》だろうな」塚越が、己の言葉に一度大きく頷いてから言った。「五十貝さんも、そう言ってなかったか」

「何も……」

「あいつは厄介《やっかい》だぜ」

中津川悌二郎《ていじろう》。歳は、与兵衛よりひとつ年下の三十八歳。下馬《げば》廻り同心の切れ者として奉行所内外に知られている男だった。下馬廻りは、大名登城の際の下馬先の取り締まりを役目としており、大名家や旗本家、それに中間を斡旋《あっせん》する口入《くちいれ》屋からの付届が多く、同心間では人気の役職であった。

「五十貝さんは、抜けたところがあるからな。肝心《かんじん》なことを言わねえから困っちまう」

「待て、塚越。俺自身が候補かどうかも分からないし、中津川もそうだ。先走りするな」

「それはそうだが、とにかくあいつは血筋がよいからな」

中津川家は、祖父も父も定廻りを勤め上げた同心だった。

「止めだ。中津川の話は止めよう。何、心配はいらねえ。《百まなこ》か。そいつをお前が取っ捕まえてくれればいいんだ。高積の務めのことは、ほどほどでいい。後は俺や五十貝さんが働くから心配するな。分かったな」

「そうはいかん。高積の務めは今まで通りやるから心配するな」

「違う。やはり、お前は分かっちゃいねえ」

塚越が俄《にわか》に身を乗り出した。

「お前が定廻りになって、俺を『見た目は昼行灯《ひるあんどん》のようだが、隠れた逸材《いつざい》だ』とか言って、売り込んでもらいたいんだよ。俺の力量では、中津川ではなくとも、誰が相手でも、勝てっこねえからな」

「しかし、当分辞めそうな者はおらぬだろう？」

「いる。瀬島亀市郎の他に、もうひとりいる」

「誰だ？」

「田所《たどころ》忠治郎《ちゅうじろう》」

まだ職を辞し、家督《かとく》を譲るには若かった。

「四十九だ」

「では、もう七、八年は辞めぬぞ」

「本当に、疎《うと》いな」

塚越はくたくたに煮崩《にくず》れている青菜を啜《すす》るようにして食べると、あのひとは嫁取りが早かったんだ、と言った。

「だから、倅《せがれ》がでかい。二十七になる。七、八年待たせていると、倅は見習のまま三十半ばになっちまう」

「成程《なるほど》」

「だから、もう二、三年で隠居だ。となると、年回りからして、俺は有力な候補のひとりだ。分かったか」

「分かった」酒を飲みながら答えた。

「分からんでいい。定廻りになるには、探索に長《た》けてなければならぬ。俺には、それが決定的に欠けている。そのことは、俺が一番よく知っている。ただ言ってみたかっただけだ。俺もなりたいとな」

「飲め」銚釐を差し出した。

塚越は素直に猪口で受けると、駄目なのだ、と言って、ふたつ立て続けに飲んだ。

「今夜は遅くなれぬのだ。義父殿《おやじどの》の加減が悪くてな。だから、今夜はお前に無理矢理誘われたということにしておくからな」

「調子のよい奴だな」

「今頃分かったか」

笑顔を見せたが、直ぐに表情を引き締めて言った。

「捕えろよ、必ず」

「分かった」

与兵衛が煮物を、塚越が豆腐を片付け、銚釐の酒を空にして《きん次》を出た。

飲み足りなかった。生酔いだった。塚越と別れ、別の居酒屋に行こうかとも思ったが、そうするのは億劫《おっくう》だった。

今日も一日、鎌倉町に始まって内神田から両国《りょうごく》と、よく歩いた。途中、掏摸《すり》をひとり捕えて自身番に付き出し、喧嘩を二件裁き、勤番侍と料亭との揉め事に割って入ったりしていたため、蕎麦切りを一枚手繰《たぐ》っただけで、ゆっくりと茶を飲む暇もなかった。そして、塚越との酒だ。酔いを楽しむこともなく、気忙《きぜわ》しいだけの酒であった。

疲れた――。

声に出して言いたかったが、堪《こら》えた。弱音は、吐くものでも聞かせるものでもない。飲み込むものだと、身に染み付いていた。

組屋敷の前で塚越と別れ、家の木戸を押した。

暮れ六ツ（午後六時）を少し回った刻限だった。

多岐代と与一郎が、いつものように出迎えに現れた。御用箱が式台に続く小部屋に置かれていた。

「今日はあまり飲まれなかったのですね」多岐代が受け取った刀を抱くように持ちながら言った。

「分かるのか」

「足音が微妙に違います」

「どう微妙なのだ」

「その塩梅《あんばい》を話すのは難しいのですが、お酔いになると足を引き摺《ず》るようになられます」

「よく聞いておるものだな。同心の妻として年季が入ったのかな」

「そうだと嬉しいのでございますが」

多岐代が小さな声で笑った。与兵衛は、疲れていることを瞬間忘れた。

「実は、少し飲み足りないのだ」

塚越が誘っておいて、帰りたがったのだと、大雑把《おおざっぱ》に成行きを話した。

「まあ」

今度は目だけで笑うと、実は、と多岐代が言った。

「御酒《ごしゅ》をいただきました」

勤番侍との揉め事を仲裁してやった料亭が、礼として角樽《つのだる》を届けてくれたのだった。

「飲もう。そなたもな」

「酔ってしまいますよ」

「構わぬ」

着替えたら母上に御挨拶して来よう。その間に用意を頼む。

与兵衛は手早く着替えて、奥に向かった。母の豪は、昨日と変らず風邪の床に伏せっていた。床上げする気はあっても、身体が言うことをきかないのだろう。

挨拶もそこそこに、居間に戻った。

杯と小鉢が膳にのっていた。小鉢の中身は、浅蜊と浅葱《あさつき》の辛子味噌和《あ》えだった。浅蜊を酒蒸《さかむ》しにしたものと軽く湯掻《ゆが》いた浅葱を辛子味噌で和えたもので、鼻にツンツン来る程辛いものを与兵衛は好んだ。

燗鍋で人肌に温めた酒を銚子に移して、多岐代が現れた。

よい酒だった。辛子味噌和えを摘《つま》んだ。涙目になりながら、多岐代に酒を勧めた。くいと空けて、多岐代が面白そうに笑った。笑い上戸という者がいることは知っていたが、多岐代がそれだと知ったのは嫁にもらってからだった。酒が入れば笑った。

しかし、それは与兵衛にとって不愉快なことではなかった。

与兵衛の父も母も酒を飲んだが、笑いもしなければ泣きもしない、静かな酒だった。だからこそ、多岐代の酒が明るくて、与兵衛は好きだった。どうやら、涙目になっているのが、笑いの因《もと》であるらしい。

銚子が空になる頃、遠くでこつこつと何かを叩《たた》くような音がした。

家の奥から聞こえて来た。豪だった。豪が廊下を指の節で叩いているのだ。

夜分に声を立てて笑うとは、何事ですか。はしたない。

母の指は、そう言っているのだろう。苛立《いらだ》たしげに続いている。与兵衛は酔いが醒《さ》めて行くのを感じた。

六

四月十二日。

朝の見回りを終えた与兵衛は、奉行所に取って返し、例繰方の詰所に椿山芳太郎を訪ねた。

椿山は書き物の手を止め、与兵衛を見ると、

「ややや」

と呟《つぶや》いてから、兎のように飛び上がった。

「《百まなこ》ですね。占部さんから伺っております。こちらへどうぞ」

年は与兵衛と同じく、既に四十に近いはずだが、幼さの残る童顔だった。椿山は目玉をくりくり動かすと、照りのある頬を紅潮させながら、先に立って廊下を奥に進んだ。

書庫の隣の小部屋に、机と御用控の文書の束が置かれていた。

「もし何か御不明な点などございましたら、御遠慮なく私をお呼び下さい。それから、書き写すことなどございましたら、硯《すずり》と筆を用意しておきましたので、お使い下さい。では」

一礼して去ろうとする椿山を呼び止めた。

(中津川は来たのだろうか)

訊きたかったが、卑《いや》しいような気がしたので口にするのを止めた。代りに、

「詰所に伺ってお呼びすればよいのですね」

と言った。

「ここは、初めてで?」

椿山は、首を傾げたまま、与兵衛を見ている。犬のようだな、と思ったが、取り敢《あ》えず、そうですと答えた。例繰方に判例集である御仕置裁許帳を覗かせてもらったことはあったが、この小部屋を使ったことはなかった。

椿山はずかずかと奥に行くと、鴨居から垂れている黒い組紐を手にした。

「これを引くと、詰所の鈴が鳴るという仕組みになっております」

鼻の穴を膨《ふく》らませるようにして、得々《とくとく》と話す椿山を見ているうちに、からかいたくなってしまった。

「まさか、落し穴ではないでしょうな?」

椿山の目玉が大きく見開かれ、次いで糸のように細くなった。笑いたいのを堪《こら》えているらしい。

「御造作《ごぞうさ》をお掛けしました。終ったらお知らせいたします」

与兵衛は必要以上に丁寧に礼を言った。椿山は二度頭を下げると、走るようにして詰所に戻って行った。廊下をひとつ曲ったところで、我慢が切れたのだろう。笑い声が聞こえて来た。誰かが、場所柄をわきまえい、と怒鳴《どな》っている。

与兵衛は障子を閉め、御用控を開いた。

《百まなこ》の仕業とされている三件の殺しが、一件について一冊ずつに纏《まと》められていた。

しかし、冊数は四を数えている。一番下の分冊を見た。《百まなこ》を模倣《もほう》した殺しについての御用控だった。

（あったな……）

三年前に起った事件だった。確か岡っ引が活躍したように覚えていた。

先ずは一件目の御用控を開いた。

殺されたのは、岡っ引・岩松《いわまつ》と子分の十四三《としぞう》。場所は、四ツ谷伝馬町《よつやてんまちょう》にある岩松の家であった。

文化《ぶんか》二年（一八〇五）三月五日の深夜。千枚通しのような鋭利なもので、ふたりとも心の臓を一突きにされて殺されていた。十四三は竈《かまど》脇で刺されたらしく、裏の土間に倒れており、岩松は居間にいるところを襲われたらしい。

岩松は通称・抜きの岩松と言われた男で、町の鼻つまみ者であった。

抜きとは、引合を抜くことで、例えば盗っ人騒ぎがあった時、金品を盗まれた者は、家主《いえぬし》同道の上、奉行所に出向かなければならなかった。当然仕事は休まなければならない上、家主への礼などの支出も発生する。そこで、調書から己の名を抜いて、出頭せずに済まそうとする。これを引合を抜くと言い、便宜《べんぎ》を図ってもらうために、毎年各町内から奉行所に、「そのような折には」と、付届が渡されていたのだが、その裏で質の悪い岡っ引どもは、ありもしない事件をでっち上げ、抜きの費用と称して稼ぎまくったのである。

岩松は、その他、大店の粗相《そそう》を見付けては十手をちらつかせて強請《ゆす》るなど、所業が目に余っていた。

そのような岡っ引を締め出すために、奉行所は時折岡っ引の使用禁止令を出していた。事件発生の四年前の享和《きようわ》元年（一八〇一）にも禁止令が発令されたばかりであった。

岩松らの殺しは深夜であったため、目撃した者もなく、また恨みを抱く者は数え切れない程いたため、誰の仕業か絞《しぼ》り切れないまま、調べは棚上げにされてしまった。殺した者の手がかりは、岩松と子分の十四三の胸許に置かれていた《百まなこ》だけだった。

二件目の事件は、その翌年の文化三年（一八〇六）に起った。

殺されたのは、両国広小路《りようごくひろこうじ》に程近い横山同朋町《よこやまどうぼう》の口入屋《若戸屋《わかとや》》の主・四郎兵衛《しろべえ》であった。四郎兵衛は、稼業を悪用して、盗賊の一味を押し込み先に送り込んでいたのだった。事件は、定廻り同心が四郎兵衛の悪行の証を得られず頭を抱えている時に起った。

庭から奥座敷にある寝間に忍び込み、寝ている四郎兵衛の心の臓を千枚通しのような刃物で刺し貫いたのだった。

この事件には、目撃者があった。

《若戸屋》の裏店《うらだな》に住む七十二歳の老婆が、厠《かわや》で用を足している時に、《百まなこ》を付けた者が、ふっと暗闇をよぎるのを見掛けたのである。それが男か女かすら分からなかったが、《百まなこ》を付けていることだけは分かった。それと、死体の上に《百まなこ》が一枚載せてあったことから、前年の事件との関連が疑われ、以後《百まなこ》という通り名が冠せられるようになった。

唯一の目撃者であった老婆は、翌年風邪がもとで死んだ。

老婆の死の直前、ひとつの事件が起った。偽の《百まなこ》事件である。

御用控の三冊目と四冊目の順を逆にして、開いた。

千枚通しによる刺殺体。残されていた《百まなこ》。この二点から、《百まなこ》の仕業だと誰もが思った。殺されたのは、柳原土手界隈《やなぎわらどてかいわい》を根城としていた夜鷹《よたか》どもから掠《かす》りをせしめていた升吉《しょうきち》だった。悪さをしているにも拘《かか》わらず、のうのうと生きている点も、岩松や四郎兵衛よりは見劣りしたが、合致した。だが、

——あっしには、これが《百まなこ》の仕業とは思えねえんで。

ひとり異を唱えた男がいた。仙蔵だった。

仙蔵が升吉の周囲を丹念に調べ上げた結果、升吉の子分の申治《しんじ》が浮かび上がった。

仙蔵は、思い当ることがあり、何度か下で働いたことのある南町奉行所同心の瀬島亀市郎を訪ねた。《百まなこ》、すなわち目鬘《めかずら》には、泣き顔や笑い顔、犬、猫、河童《かっぱ》、天狗に閻魔《えんま》など、様々な種類があった。己が仕業だと証に使う《百まなこ》には、何か傾向があるのではないかというのが仙蔵の意見だった。

瀬島が並べた《百まなこ》を調べていた仙蔵が、思わぬことに気付いた。前のふたつの事件に使われていたのは、何の変哲もない泣き顔や笑い顔などの《百まなこ》だったが、その眉間には、針で突いたような小穴が空いていた。一方、三件目の升吉殺しの時の《百まなこ》には、穴は空いていなかったのである。

——御手柄だぜ。升吉殺しは、《百まなこ》を真似た殺しに相違あるめえ。

瀬島の命で申治が自身番に呼び出された。申治は大番屋に送られたところで殺しを白状し、事件は解決した。

——偽物が現れることまで予想して印を付けていた《百まなこ》も凄いが、印に気付いた仙蔵も大したものよ。

しかし、その仙蔵にしても、《百まなこ》の正体は摑めずにいる。

最後の御用控を手にした。

殺されたのは、下谷御成《したやおなり》街道と明神下《みょうじんした》に挟まれた金沢《かなざわ》町の金貸し《坂口屋《さかぐちや》》の主・藤兵衛《とうべえ》。文化五年（一八〇八）のことであった。藤兵衛は、高利で貸し付けた金をあくどく取り立てることで、界隈《かいわい》の者によく知られていた。

殺害された刻限は、前の二件と同様深夜のことであった。小便に立ち、手水《ちょうず》で手を洗おうとしたところを襲われたのである。

死体の上に残された《百まなこ》の眉間には、針で刺した小穴があった。《百まなこ》による三件目の事件であった。幕閣から両奉行所に捕縛の厳命が下る一方で、殺された者どもが、法の網の目を潜り抜けて世間を謀《たばか》り私腹を肥やす者だったところから、瓦版が《百まなこ》を《闇の御裁き人》と誉めそやした。町には《百まなこ》が溢れ返り、大人も子供も《百まなこ》を付けて遊んだ。だが、それも一時《いっとき》のことだった。ひとびとは直ぐに忘れた。

それから二年が経っていた。

与兵衛は細々《こまごま》と書き写した紙片を繰り、新たな紙片に一件目の事件からの年数を記した。

五年前。次が四年前、そして三件目が二年前——。必ず次の事件は起ると断言した占部の勘を信じるならば、そろそろ新たな殺しが起ってもよい頃合だった。

それにしても、この一年ないし二年という間合は何のためにあったのかと、与兵衛は考えた。考え付いたのは、新たな獲物について殺しに足るか否か調べるために使っていたのではないか、ということだった。

とにかく、と口に出して呟きながら、与兵衛は立ち上がった。俺ひとりでは手に負えぬわ。

手足となって働いてくれる岡っ引が必要だった。

心当りはあった。しかし、働いてくれるのか、働けるのか、心許《こころもとな》無い心当りだった。

与兵衛は、書き写した紙片を懐に仕舞うと、硯の蓋《ふた》を閉め、机の上に御用控を角を揃えて置き、鴨居の組紐を引いた。一回では聞き逃されるといけないので、二回、三回とぐいぐい引いた。例繰方の詰所の方から小さな鈴の音が聞こえて来た。

間違いなく鳴っておるな。

満足していると、椿山が目を大きく見開きながら廊下を滑るようにしてやって来た。

「一度引けば、聞こえますので」

与兵衛は、それには答えず、

「例繰方の皆さんの」と言った。「いつも通りの綿密な御仕事振り、感服いたしました」

「御役に立ちましたか」

椿山の目が、嬉しげに細くなった。

「立ちました」

「何よりでございます」

「また何かの折には、よろしくお願いいたします」

「その時は、一回で」組紐を引く真似をした。

「そうします」与兵衛も引く真似をした。


中間の朝吉を奉行所に残したまま、与兵衛はひとりで神田堀の土手道から小伝馬《こでんま》町《ちょう》の牢屋敷を横目に見ながら今川橋《いまがわばし》へと向かった。

神田堀は、明暦《めいれき》の大火（一六五七）の後、防火のために開かれた堀で、松並木の土手が八町（八七二メートル）程続いていた。

与兵衛がわざわざ今川橋に足を向けたのは、ひとりの男に会うためであった。男の名は、寛助《かんすけ》。定廻り同心の故・里山伝右衛門から手札（身分証明書）を受けた岡っ引であった。

寛助は、今川橋の北詰西の町屋、俗に主水《もんど》河岸と言われていた元乗物《もとのりもの》町に住んでいるところから、かつては主水河岸の親分と呼ばれ、羽振りを利かせていた。

三年前、里山伝右衛門が病死したのを機に、表舞台から身を退き、女房の千代《ちよ》にやらせている小間物屋の手伝いをしているが、今でも町内で揉め事が起ると、町役人ではなく、寛助が駆り出され、仲裁《ちゅうさい》に当っているらしい。

寛助は、三年前六十であったから、六十三になっているはずだった。

勘は鈍《にぶ》っちゃいないだろうな。与兵衛にとっては、それが気掛かりだった。

――まだまだ、御達者だと聞いておりやすが。

とは、岡っ引の控所にいた政五郎の言葉だった。

小間物屋《ちよ》は、主水河岸の横町を北に折れて二軒目にあった。

櫛《くし》、簪《かんざし》から紅白粉《べにおしろい》、楊枝歯磨《ようじはみが》き、元結《もとゆい》、紙入、煙草入など、雑多《ざった》な品々が間口一杯に並べられていた。

「御免」

「いらっしゃいまし」

長く垂らした内暖簾の陰から千代が現れ、一瞬の後、まあ、と言った。

「滝村様ではございませんか。お久し振りでございます」

畳に手を突いた。

「変りがなさそうで何よりだな」

「御蔭様で」

里山の手伝いをしていた頃に、何度となく訪ねもしたし、奥で酒を馳走になったこともあった。

「親分の姿が見えないようだが」

「追っ付け戻って参ります。これと言って行くところもないのですから」

千代が淹《い》れてくれた茶を飲んでいると、主水河岸の方から寛助の声が聞こえて来た。擦れ違った者と大声で話し、笑い声を立てている。

「一段と声が大きくなったのではないか」

「耳が遠くなっただけでございますよ」

「そうか」

与兵衛に気付いた寛助が、小走りになって店に飛び込んで来た。

「お珍しい。滝与《たきよ》の旦那じゃございませんか」

里山伝右衛門と区別するために、寛助とその子分どもは、里山を旦那、与兵衛を滝村の滝と与兵衛の与を取って滝与の旦那と呼んでいた。懐かしい響きだった。

寛助が店横に回り、小間物の山を器用に縫って、帳場の脇に腰を下ろした。動きに無駄がなく、きびきびとしていた。

「元気そうだな」

「外見《そとみ》だけでございやすよ」

打ち消して見せたところで寛助は、与兵衛が何ゆえ突然訪ねて来たのか、訳を尋ねた。

「有り体《てい》に言おう。御支配の大熊様の御声掛かりで、探索の助けに入ることになった。定廻りでも俺の腕を買ってくれるひとがいてな、聞いたことがあるだろう、《百まなこ》のことは。あれを手掛けるのだ」

寛助の表情から柔らかなものが消えた。

「それは、定廻りに上げるための腕試しって奴でございやすか」

「どうして、そう思った？」

「別の御役目なのに、手伝えと言ったんでござんしょ」

他の理由なんぞ、考えたくとも思い浮かぶもんじゃござんせん。寛助が鼻息を荒らげた。

「ではないか、と言う者もいる」与兵衛が言った。「が、俺は定廻りになど、ならなくても構わない。ただ、南北両奉行所の者どもが手をこまねいている《百まなこ》を己の手で捕まえたいと思っているだけだ」

「で、あっしのところにいらした訳でございやすが」

「力を貸してくれぬか」

とても、俺ひとりの力では調べ尽くせない。手足となってくれる者が必要なのだ、と腹を割った。

「以前は出入りの者がいたのだが……」

父が町火消人足改方の同心をしていた当時は、父の手足となって動く岡っ引が付いていた。しかし、与兵衛が見習から本勤になり、高積見廻りになった頃には、年老いて隠居してしまったのだった。

気心の知れた岡っ引は、今や寛助だけだった。

「あっしは、この三年、おっきな事件《こと》から離れてしまっておりやす。勘が鈍ったとは思っちゃおりやせんが、後四、五年もすれば保証の限りじゃござんせん。身体の動くうちに、もう一度大捕物をしてみてえと思っていたところなんでございやす」

おうっ、と女房の千代を見て、寛助が訊いた。

「構わねえよな？」

「駄目だって言っても、聞くお前さんじゃないでしょ」

「あた棒よ。それが分かってりゃ、何も言うことはねえやな」

滝与の旦那、子分に声を掛けたいのでやすが、半日程時をいただけやすか。

与兵衛は、明日の七ツ半（午後五時）、本八丁堀の三丁目にある居酒屋《きん次》の二階に連れて来るように言った。

「裏から回り、俺の名を出して二階に上がっててくれ。《百まなこ》について分かっていることを話す」

神妙に聞いていた寛助が、畜生《ちくしょう》、と叫んで膝《ひざ》を叩いた。

「面白くなって来やがった」

「俺もだ」と与兵衛も膝を叩いた。

七

朝吉が組屋敷の木戸門を開け、玄関に入り、奥に声を掛けた。

奥から多岐代と与一郎が迎えに出て来る気配がした。朝吉は、玄関に続く小部屋に御用箱を置くと、与兵衛にも多岐代らにも尻を向けぬよう、横向きになって、草履を突っ掛け、深く一礼をして木戸から帰って行った。

与兵衛は腰の刀を多岐代に渡し、明日からは、と言った。

「定廻りの手伝いをせねばならぬので、帰りが遅くなる。先に夕餉《ゆうげ》は済ませておくようにな」

「お忙しくなられるのですね」

「私を買って下さる方を、落胆させたくはないしな」

「では、朝吉さんも」

「時には、遅くなろうよ」

「心得ました」

「母上は、どうだ?」

「煮ぬき豆腐を食べたいと仰しゃるので、幸町《さいわい》の《小松屋《こまつ》》まで参りましたところ売り切れで、仕方なく亀沢町《かめざわ》の《鶴屋《つる》》で求めたのですが、お口に合わなくて、殆《ほとん》ど箸《はし》をお付けになられませんでした」

「《鶴屋》のは、そう不味《まず》くないはずだが」

味に関しては評判の良い煮売り屋だった。

「はい。前にお出しした時には、『ここのも悪くない』と確かに仰しゃったのですが、今日のは、すの入り方が足りず、美味しくないと」

煮ぬき豆腐は、その名の通り、豆腐を煮抜いて作る料理だった。薄味の出汁《だし》で半日程煮続け、すが十分に入ったところで食べるのである。

「それぐらいは我慢出来るであろうに。困った母上だな」

「……いいえ」

「済まぬな」

「でも御蔭で、旦那様の御品数がひとつ増えました」

「ありがたい、と言ってもよいのかな」

与兵衛は着替えて、奥に行き、挨拶を済ませてから食卓に着いた。多岐代にも一緒に夕餉を摂《と》るように言った。

多岐代と与一郎の膳には煮ぬき豆腐がなかった。

与兵衛は、与一郎と多岐代と己の飯の上に、煮ぬき豆腐を取り分けた。すの入り方が少ない分だけ、箸で摘《つま》んだ際の手応えが弱かった。母上はこれがお気に入らぬのだな、と思った。が、与兵衛は口にはしなかった。与一郎が、ひとすくいで豆腐を食べ、にこやかな顔をしている。

「ここのは」と与兵衛も、ひとすくいで豆腐を食べながら言った。「ここので、美味いな」

「はい」多岐代が、目で笑った。

与一郎の額の脇が赤く腫《は》れているのに気付いた。

偶数日は新和泉町《しんいずみ》の町道場に剣の稽古に出掛ける日だった。

「打たれたのか」

「油断でした」

与一郎が悔しそうに顔を顰《しか》めた。

「稽古は面白いか」

「はい」迷いのない返事だった。

「よし。そのうち、筋を見てやろう」

「よかったですね」

多岐代が口を添えた。頷いた与一郎が、箸を止めた。

「父上、今日道場に中津川様と仰しゃる方が見えまして、先生と模範《もはん》稽古をなされたのですが、南町の同心の方でございました」

「中津川も、一刀流であったか」

与一郎が通っているのは、小野派一刀流を極めた谷口長二郎《たにぐちちょうじろう》が新たに興した谷口派一刀流の道場で、今は代を継いだ嫡男《ちゃくなん》の得二郎《とくじろう》が道場主をしていた。

与兵衛が通っていた道場は、同じ一刀流の系統ではあったが、道場主が病死した後、後継者問題で揉め事が起り、騒動が鎮まった時には、すっかり道場に嫌気が差して離れてしまったのだった。

手直しにと通い始めたのが谷口道場で、得二郎の悠揚《ゆうよう》迫らぬ人柄に惚《ほ》れ込み、幼かった与一郎を託したのだった。中津川と道場で会ったことはなかったが、得二郎と模範稽古をするのだから、かなりの腕前なのだろう。

「先生が私を引き合わせて下さったので挨拶をいたしました」

「何か言われたか」

「はい。打ち込んで参れと言われたので、三度ばかり打ち込みましたところ、よい目をしていると言われました。真っ直ぐに見詰める。その心を忘れるな、と」

「そうか。奉行所で会ったら、礼を言っておくぞ」

「御馳走様でした」

与一郎は茶を飲むと、自室の方へと下がって行った。

「大人びて見えました」

「よい歳の取り方をしている。そなたの手柄だ」

「私の、ですか」

「子供のうちは母親の手柄だ。元服《げんぷく》を済ませたら、父親の手柄となる」

「実《まこと》でございますか」

「世間では、そのように言っておる」

「まあ」

「美味かった」

「ようございました」

立ち上がり掛け、済まぬが、と与兵衛が言った。

「御役目で金子《きんす》が要る。後で用意してくれ」

「如何程《いかほど》、お入り用でございますか」

「私が十両、手の者に五両、頼めるか」

手の者とは、岡っ引の寛助で、里山様の手伝いをした折に知った信頼のおける男だと話した。

「いずれここにも顔を出すであろうから、名を覚えておくようにな」

「承知いたしました。細かいものも御用意出来ますが」

以前に、別の岡っ引を使った時に、細かい銭の方が使い易《やす》い由、話したことがあった。

「ありがたいな」

直ぐにも持って来ようとする多岐代を止めた。

「慌てずとも片付けを済ませてからでよいぞ」

「では、急いで」膳を手に取り、台所へと摺《す》り足になった。

「だから、急がずともよいと言っておるではないか」

慌《あわ》て者め。与兵衛は、からかうような口調で言いながら文机《ふづくえ》の前に移り、御用控の写しを広げた。

《百まなこ》について、どこから調べるか。岡っ引を動かす以上、段取りを決めておく必要があったが、糸口すらなく、雲を摑《つか》むようであった。

腕組みをしているうちに多岐代が、胴巻と手文庫程の大きさの銭箱を持って来た。

「済まぬな」

銭箱の中は枡《ます》に仕切られており、小判、二分金、一分金、二朱金、丁銀、一分銀などから四文銭、一文銭に至るまできちんと収められていた。

同心として刑事に働く時には、いつ何があって金銭が必要になるとも限らない。常に十二分の用意を怠らぬようにな、と言ったのは父の与左衛門《よざえもん》であった。

――ひとは心で動くが、金は動きを滑らかにするでな。

走ることもあるので、旅支度の時のように胴巻と巾着《きんちやく》に分けて金子を入れた。また、寛助には二朱金と一朱金を中心に、当座の探索費として五両の金を用意した。その金を子分に飲み食いさせる出費に充《あ》てたり、町屋の者に払う心付けにしてもらうためだった。


四月十三日。七ツ半（午後五時）。

与兵衛が本八丁堀三丁目の居酒屋《きん次》の二階に上がると、寛助がふたりの下っ引を従えて待っていた。

年の行った方は、里山に力添えしていた時にもいた、米造《よねぞう》だった。若い方の男は、見覚えがなかった。

「新七《しんしち》と申します」男が頭を下げた。

「滅法《めっぽう》足の速い男でございやして、きっと御役に立つと存じやす」

寛助が口を添えた。

「表の稼業は」与兵衛が訊いた。

「へい。親分のお店で働かせていただいております」

「では、市中には詳しいな」

「毎日隈《くま》無く歩き回っておりますので、知らないところは」

「ないか」

「へい」

「頼もしいな。よろしく頼むぞ」

「そんな、旦那。勿体《もったい》ない。こちらこそ、よろしくお願いいたしますでございます」

新七が畳に手を突いた。

「親分から話を聞いていると思うが、酒が入る前に一通り話しておく」

《百まなこ》という殺しの手練《てだ》れが悪党狩りをしていること。御定法の番人である奉行所の面子《めんつ》に掛けて、《百まなこ》を捕縛したいこと、などを手短に話してから、

「《百まなこ》は、殺しの請け人ではないと見做《みな》されている」と与兵衛は言った。「これまでの奉行所の調べからは、そのような気配が浮かんで来ないからだ。それは実《まこと》なのか、それを第一に確かめたい。奴は、これまでに三度、殺しを行っている。にも拘《かか》わらず、男か女かすらも分からない。もし請け人ならば、どこからか正体が仄《ほの》見えて来てもおかしくない頃だ。それがないところからしても、殺しの請け人ではないと見るのが正しいようだが、一応確かめておきたい」

それから、と与兵衛は続けた。殺しの場所が離れている、というのが引っ掛かる。

「御言葉ではございやすが、あちこちにあくどい野郎がいるってことでは、いけねえんで？」

「親分に訊く。お前は四ツ谷《よつや》に詳しいか。両国広小路や明神下はどうだ？」

「……詳しいって程は」

「殺された下谷の坂口屋藤兵衛という金貸しの名を聞いたことは？」

「名前だけは、聞いておりやしたが」

「《百まなこ》はな、四ツ谷伝馬町、明神下の金沢町、横山同朋町《よこやまどうぼう》の悪党がそれぞれ何をしているか、きっちりと知っていて、手を下したように見える」

「それだけ広範囲に詳しいってのは、仲間がいるんですかね」

「いると見るのが順当だろうな」

「するってえと、その仲間を突き止めれば、《百まなこ》に辿《たど》り着きやすね」

「どうやって見付け出すんでございます？」米造が訊いた。

「それを考えた」

　寛助らは、与兵衛が何を言い出すか、待っている。

「鼠《ねずみ》を捕えるには、餌の在《あ》り処《か》を知ることだ。今このお江戸で、《百まなこ》が狙うかも知れねえくらいの悪は、誰だ？　身の回りにいる奴でも、噂で聞いた奴でもいい。思い付く限りの悪を挙げてみてくれ」

　寛助と米造と新七が、思い思いの名を挙げた。十二人を数え、悪党が小粒になり始めたところで、与兵衛が待ったを掛けた。

「いるもんだな」

「おりやす。悪い奴は、いくらでもおりやす」

　寛助が自信たっぷりに応えた。

　不意に、与兵衛はあることに思いが至った。《百まなこ》はどうして岡っ引の岩松と子分の十四三、若戸屋四郎兵衛、坂口屋藤兵衛らを殺しの標的に据えたのか、という疑問だった。

（他にも悪い奴は沢山いる。なのに、どうして奴どもだったのだ。あの四人でなければならない訳でもあったのか……）

疑問を呑み込み、寛助らに、十二人のうち誰が一番の悪と思われるか、数を絞り込んでみるよう命じた。寛助らが話し合っている間を使い、殺された四人が何をしていたかを並べ立てた。

岡っ引の岩松と子分の十四三は、引合を抜くなど不正を働く鼻摘《はなつま》み者だった。

若戸屋四郎兵衛は、口入屋という稼業を悪用して盗賊を商家に送り込んでいた。

坂口屋藤兵衛は、高利で貸し付けた金をあくどく取り立てる高利貸しとして幅を利かせていた。

三件に繋がるものは見えなかった。何か見落としていることがあるのだろうか。

「滝与の旦那」寛助が膝を揃えた。「まとまりやした」

「言ってみてくれ」

芝大門《しばだいもん》前の料理茶屋《浜田屋《はまだや》》の主・宗兵衛《そうべえ》

神田は雉子町の料亭《三名戸屋》の主・駒右衛門

浅草花川戸《はなかわど》町の口入屋《川口屋《かわぐちや》》の主・承右衛門《しょうえもん》

本所《ほんじょ》の御家人・来島半弥《くるしまはんや》

「こんなところかと思いやす」

「四人の中で一番の悪は誰だと思う？」寛助に訊いた。

「千頭の駒右衛門でやしょう」寛助は、なっ、と米造と新七に同意を求めた。

「四、五年前までは小者だったんでやすが、今では一番の悪だと思いやす」

「あの駒右衛門には」と米造が言った。「ひとをいたぶって悦ぶところがあるんでございやす」

「博打に誘って借金を作らせる。どうにも首が回らなくなったところで、女房を息の掛かった岡場所に叩き売らせる。その代金を、また博打に誘って巻き上げる。ようやく己の馬鹿さ加減に気付いた亭主が、女房を取り返そうと、借金をしまくって金を作る。でも、その時には、売った時の数倍の金を積まなければ女房を買い戻せないようにしてある。そんなことは朝飯前の男でございやすからね」

寛助の口の端から泡となった唾《つば》が飛んだ。

「分かった。《川口屋》と《浜田屋》と御家人に訊いてみよう」

「訊くって、《百まなこ》のことをですかい？」寛助が訊いた。

「《百まなこ》は悪党狩りをしているんだ。気にしているだろう」

「でも旦那、相手は……」

「いいか。定廻りと臨時廻りが五年掛けて分からないのを、高積の俺がちょろちょろと調べて解けると思うか」

「……かも知れませんが」

「だから、《百まなこ》に狙われそうな奴に訊くのよ。もしかすると、己の勢力を広げようと他の悪を殺させているのかも知れないしな」

「まさか」

とにかく、俺たちに今出来ることは、聞き歩くことだけだ。徹底的に歩くぞ。

「あの、千頭には訊かなくてもよろしいんで?」寛助が言った。

「あいつは別だ」

「別、と仰しゃいやすと?」

「駒右衛門の子分の弥吉が」と与兵衛が言った。「《加賀屋》から出て来た。その翌日、作左衛門が首を括った」

「偶然とは思えやせんね」寛助だった。

「お店の者は、暖簾に疵《きず》が付くことを恐れて何も言いやがらねえ。だが、番頭と手代は、落せる。奴らには近いうち訊くとして、俺は明日から、川口屋承右衛門と浜田屋宗兵衛、本所の来島半弥にそれぞれ当ってみる。藪《やぶ》を突ついてみようって訳だ。何か聞き出せるかも知れぬからな」

「あっしどもは？」

「前の事件の時に、偶然《百まなこ》の姿を見掛けたっていう婆さんは、とっくに死んじまってる。もう一度嗅《か》ぎ直して、他に見た者がいないか、調べてくれ。もうひとつは、殺された四人がどんな悪事を働いていたか、何か見落としているものがないか、調べてくれねえか。例えば岩松と子分だが、抜きで殺されたとも思えねえんだ。何が《百まなこ》を殺しに走らせたのか、そこんところがどうも俺には見えて来ねえんだ」

「千頭の方はいかがいたしやしょう？」

「勿論、逃しやしねえよ。必ず御縄にしてくれる。取り敢えずは、子分の弥吉を見張ることから始めてみようか。奴から悪の尻尾を手繰り寄せてやろうじゃねえか」

「承知いたしやした」寛助が答えた。

「こなせるか」

「こう申し上げては何ですが、あっしどもは、浮き浮きしているんでございますよ」

寛助に合わせて下っ引のふたりが首を縦に振った。

「よし、その意気だ」

「何だか、滝与の旦那が里山の旦那に見えて参りやした」

「そうかい。嬉しいことを言ってくれるな。正直なところ、俺は調べの指図をするのは初めてなんだ。何しろ高積だから、これまでは助け働きばかりだったからな」

「何を仰しゃいます。立派な御指図振りでございます」寛助が、鼻に手を当てた。

「ありがとよ。では、飲むか。今夜は、初顔合わせだ。存分に飲もう」

「新七」寛助が顎を横に振った。「下に行って、酒と肴を頼んで来い」

「合点《がってん》でさあ」

新七の尻がふわっと浮いて、階段口へと動いた。

第二章　川口屋《かわぐちや》承右衛門《しょうえもん》

一

四月十四日。昼四ツ（午前十時）。

滝村与兵衛は中間の朝吉ひとりを供に、柳橋《やなぎばし》北詰平右衛門町の船宿《川端《かわばた》屋》で舟を雇い、酒徳利を手にして大川を上った。

行き先は吾妻橋《あずまばし》の西詰。着いて地面に上がれば花川戸であった。

艪の撓《しな》る音が、川面《かわも》を渡る風にのり、軽やかに響いた。気持ちがよかった。

「とっつぁん、名は？」与兵衛が酒を湯飲みに注ぎながら訊いた。

「へい。余市《よいち》と申します」

「船頭になって何年になる？」

「へい。餓鬼の時分からですので、もう六十年以上になりますか」

「そうかい。いろんなことがあっただろうな」

「そりゃもう、数え切れないくらい……」

「今はどうだ？　少しは生き易い世の中になったかい？」

「旦那の前でございますが、いつの世も大して変りはないようでございます」

「悲しいことを言うな。飲め飲め」与兵衛は湯飲みの酒を船頭に勧めた。

「よろしいんで」

「よろしいも、よろしくないもあるものか。客のこちらが勧めるんだ。何を気にすることがある」

「御馳《ごち》になります」

船頭は艪を船縁に置くと、膝を突いて、酒を受けた。日焼けした咽喉《のど》が上下に動いた。

「これは、少しだが取っておいてくれ。気持ちだ」

一分金であった。一両およそ八万円とすると、一分は二万円になる。

「こんなに」

船頭が掌にのった一分金と与兵衛を見比べている。

「その代りと言っては何だが、ちいっとばかし訊きたいことがある」

「何でございましょう？　知っていることならば、何でもお答えいたしますが」

「話が早くていいやな。《川口屋》の主・承右衛門についてだが、何か面白い話を知っていたら教えちゃくれねえか」

承右衛門の表の顔は口入屋の主だが、裏では一帯の香具師《やし》の元締をしていた。

「元締でございますか」

「そうだ」

「あいつは外道でございますよ」

船頭が知っているだけでも、五人を川に沈めて殺していた。

「逆らう者や気に入らない者は、皆簀《すま》巻きにしちまうって話でさあ」

土左衛門は、ろくに調べもせずに焼くか埋めてしまうことが多かった。

「誰かに命を狙われたとかいう話は？」

「聞いたこともございません。いつも周りに用心棒を従えておりますから、元締を襲うのは死にに行くようなものでございますよ」

「用心深いんだな」

「女を囲っているのですが、そこにも用心棒を連れて参りますからね」

「詳しいな」

「あっしども船頭の間では知られた話でございます」

「子分どもも乗せることがあるだろう？　どんな話をしていたか覚えちゃいねえかな」

「誰をどれだけ痛め付けたか、そんな自慢話か女の話ばかりでございます」

「《百まなこ》って言葉を聞いたことは？」

「ございません」

「誰かを殺してやるとか物騒な話はしていなかったか」

「いつでもそんな話です」

「岡っ引の岩松とか、口入屋の《若戸屋《わかとや》》とか、金貸しの藤兵衛なんて名を聞いたことは？」

「名前までは覚えちゃおりませんが、岡っ引がどうしたという話はしておりました」

「よく話してくれたな、ありがとよ」

「旦那、本当に御役に立ったんですかい？」

「ああ、立ったよ」

「でしたら、もらっちまっても構わないんで？」

掌を開き、一分金を与兵衛に見せた。

「何を遠慮しているんだ。そいつで飲んで、憂《う》さを晴らしてくれよ」

「では、遠慮なく」船頭が握った拳を額に押し当てて拝んだ。

御厩《おうまや》河岸の渡しを過ぎ、竹町《たけちよう》の渡しが見え始めた頃、旦那、と船頭が言った。

「もし承右衛門の居所が分からない時は、山谷《さんや》橋を渡った新鳥越町《しんとりごえちよう》一丁目を調べてみて下さい。お弓《ゆみ》という年の頃は二十六、七の女を囲い、入り浸っているって話でございます」

「分かった。とっつぁんに借りが出来ちまったな」

「何を仰しゃいやす」

「もういい。何も話すな。どこに目があるとも限らねえ」

「へい……」

「酒はまだ残ってる。飲んでくれ」

吾妻橋の橋影の中に、舟が着いた。

与兵衛と朝吉は、無愛想に舟を下り、石段を上った。広小路の雑踏が目に飛び込んで来た。与兵衛は雑踏の方をひと睨みしてから橋のたもとを横切った。

口入屋《川口屋》は静まり返っていた。路地を覗いた。漬物樽がふたつ陰干しされている。朝吉が路地に入り込み、手近にあった樽をそっと路地の中央に移した。

与兵衛はお店の暖簾を潜ると、問うた。

「誰かおらぬか」

「はい。ただ今」

現れた手代が、与兵衛の姿を見て、奥に走った。番頭と呼ぶには強面《こわもて》の男が内暖簾を跳ね上げた。

「これはこれは、八丁堀の旦那。何か、御用で?」

「寄る気はなかったんだが、樽がひっ転がっているのに素通りは出来ねえものでな」

「相済みません。気付きませんでした」

番頭が小僧の名を怒鳴《どな》り上げた。小僧が路地の方に飛び出して行った。

「余り叱《しか》ってくれるな。樽は俺が転がしたのだ」

「……そんなことだろうと思っておりました」番頭に動じた様子はなかった。

「今何人くらい若いのに無駄飯を食らわせている?」

「ここは口入屋でございます。無駄飯を食わせている者はおりません」

「お前さん、名は?」

「番頭の右吉《うきち》と申します」

「承右衛門に会いたいのだが、いるかい？」

朝吉が首を伸ばして奥を見た。

「生憎《あいにく》出ておりますが」

「帰りは遅いのか」

「そのように聞いております」

「どこに行った？」

「申し訳ございません。そこまでは」

「いいよ、俺が知っている」

右吉が、与兵衛を見据えた。

「邪魔したな」

与兵衛は暖簾を払うようにして通りに出ると、これみよがしに山之宿《やまのしゅく》六軒町《ろっけんちょう》の方へと歩き出した。

半町（約五五メートル）程行く間に、背後に右吉どもが続いた。

「朝吉」

先に行け、と与兵衛は言った。

「行って、山谷橋を渡った辺りにあるお弓の家を探しておけ」

朝吉が、すっと与兵衛から離れ、駆け出した。

与兵衛は振り向いて、右吉どもの動きを牽制《けんせい》しながら朝吉の後を追った。

山谷橋の向こうから朝吉が戻って来た。女の住まいを見付けたことは、表情から読み取れた。

「こちらでございます」

通りから横町の路地に入った突き当りの家だった。

木戸を開け、玄関に入り込んだ。

「承右衛門はいるか。俺は八丁堀の者だ。取っ捕まえに来たんじゃねえから顔を出してくれ」

玄関奥からひとり、中庭伝いにふたりの浪人が現れ、与兵衛を三方から囲んだ。朝吉が背後に差した木刀を引き抜き、身構えている。

「承右衛門、ここで立ち回りになると、お前はただでは済まぬぞ」

与兵衛は、浪人との間合を計りながら、続けて怒鳴った。

「何人大川に沈めた。五人か、六人か。大川の土左衛門はすべてお前の仕業にしてくれるから、腹括《くく》って沙汰《さた》を待ってろ。それが嫌なら出て来い」

承右衛門が家奥から姿を現したのと同時に、右吉どもが戸口に殺到した。

「随分と活きのいい御方ですが、定廻りの旦那にしてはお若いようでございますな」

皺《しわ》の深く刻まれた顔が、鋭く尖《とが》った。

「俺は高積見廻りだ」

「はて、手前どもの店が、高積の旦那に何かお咎《とが》めを受けることがございましたか」

「何もない」

「でしたら、この騒ぎは？」

「俺は、元締、お前さんに会いに来ただけだ。騒がしいのは、そっちの所為《せい》だ」

与兵衛は顎で浪人どもを指した。

「私に何の御用がおありで？」

「お前さんが、人殺しを頼んだり頼まれたりするような男か、見定めに来たんだよ」

「これは驚きました。して、どう思われました」

「額に答が書いてある訳じゃねえので、今のところは分からねえ」

「失礼でございますが、お名をお聞かせ願えますか」

「滝村与兵衛。南町だ」

「折角《せっかく》お出でになられたのに、玄関先でお帰ししたとあっては、ものを知らねえと笑い物にされてしまいます。お酒でもいかがでしょう？」

「俺は昼は飲まねえ。茶ならもらおう」

「何やらにおいますが」

舟で飲んだ酒が抜けていなかった。

「気の所為だろうよ」

「それは御無礼を申しました。ささっ、汚れておりますが、こちらへ」

承右衛門が廊下奥を手で示した。

雪駄《せった》を脱ごうとしている与兵衛に朝吉が擦り寄った。

「私はどういたしましょう？」

「おう、そこで待っていてくれ」

朝吉が頷きながら、浪人どもを見回している。

「おっかなそうなのばかりだからな」と与兵衛が言った。「喧嘩を売るなよ」

「売りません」

朝吉の頬が左右に揺れた。

奥の座敷に女がいた。長火鉢の前に座っている。お弓らしい。抜けるように色の白い細身の女だった。唇に紅をさし、白い着物を纏《まと》って、夜の街道を走ったら、白狐と見間違えるだろう。

承右衛門が座を外すように言うと、小さくコンと咳をして、座敷を出て行った。やはり、狐なのかも知れない。

「よく、ここがお分かりで」

「定廻りに訊いた」

「嘘はいけませんや。定廻りに悟られる程ぬかってはおりやせんぜ」

「定廻りを馬鹿にすると泣きを見るぞ」

「気を付けましょう」

五徳《ごとく》に置いた鉄瓶から湯気が立った。承右衛門は猫板の上に湯飲みをふたつ置き、茶を注いだ。

「旦那が、次の定廻りですかい？」

「そんな噂があるのか」

「どうでございましょう」

「《百まなこ》を知っているな」

「はい。名だけは存じておりますが」

「見たことは？」

「何ゆえ、この私が」

「お前さんの渡世だ。殺しを頼むこともあるのかと思ったのだが」

「旦那、間違えておいででございますよ」

与兵衛は目で先を促《うなが》した。

「私どもは、言い聞かせるだけで、決して誰も殺しません。ただ時折、多少手荒になり過ぎることはございますが」

《百まなこ》も、そこんとこを分かってくれるといいのだがな」

「お訊きしてもよろしゅうございますか」

承右衛門は、茶を与兵衛に勧めながら言った。

「どうして《百まなこ》は、捕まらないのでございます?」

「それは……」

どうしてだか、一瞬考えた。凶行が夜中であり、見た者がいないことと、殺された者が多くの者の恨みを買っていたために、殺した者を絞り切れない点もあった。だが、そのような答を求めての問いとは思えなかった。

「私どもの間では、町奉行所の飼い犬ではないかという噂でございますよ」

「それはあり得ねえ」

確信があった訳ではないが、占部や年番方与力の大熊の様子から、奉行所が絡んでいるとは思えなかった。

「だとよろしいのですが」

元締と呼ばれるだけの風格なのか余裕なのか、承右衛門はゆったりと茶を一口啜《すす》ると、湯飲みを猫板に戻した。与兵衛も口を湿らせた。

「他に、何か」

「ない」

「で、ございましたら」

「邪魔したな」

言った時には立ち上がっていた。

玄関の隅で朝吉が待っている。雪駄に足指を入れた。

「承右衛門」

承右衛門が与兵衛に身体を寄せた。

「あのおコンだが」

承右衛門は首を傾げ掛けたが、直ぐに分かったらしい。

「お弓でございますか」と言った。

「身体も白いのかい」

承右衛門は一瞬戸惑《とまど》いを見せたが、頰肉を弛《ゆる》ませ、へいと答えた。

「真っちろで」

「よかったな。めっけもんだ」

手を擦り合わせている音を背に聞きながら、妾宅《しょうたく》を出た。

一町程歩いたところで朝吉が、旦那、と言った。

「何だ?」

「こんなことを申し上げると何ですが……」

朝吉の目が笑いを含んでいる。

「随分《ずいぶん》と、生き生きとしておいでございました」

「性に合うのかな」

「お合いになるようでございますよ。途中から言葉遣いも占部様のようにおなりでした。びっくりいたしました」

「帰ってから、かみさんに言うなよ。多岐代に筒抜けだからな」

「我慢いたします」

これから、どちらへ。朝吉が尋ねた。

「目と鼻の先だ。本所に回ろう。来島半弥って悪の面《つら》でも拝んでみようぜ」

二

四月十四日。四ツ半（午前十一時）。

岡っ引の寛助と子分の米造、新七の三人は、四ツ谷塩《しお》町の蕎麦屋の二階にいた。

四ツ谷伝馬町の岡っ引・岩松と子分の十四三が、《百まなこ》に殺された時のことを見聞きした者がいないか、抜きなどの他に知られていない悪行がなかったか、を訊き回ったのだった。事件から五年も経っていると、ひとの覚えは怪しくなっており、新たな手掛かりになるようなものは何も聞き出せなかった。

「蕎麦ア手繰《たぐ》っちまったら、次は金沢町だ」

「親分」新七が、箸を持つ手を止めて言った。「さっきのは五年、今度のは三件の中では一番新しいと言っても二年前ですぜ」

「だから、どした？」

「無理ですよ。覚えている者なんて、いやしませんよ」

「手前、二年前って言うと、俺のところに転がり込んで来た頃だが、それまで何してた？」

「親分、ご存じじゃねえですか」

「言ってみろ」

「棒手振《ぼてふり》の真似事をしてました」

「住んでいた長屋は？」

「郡代屋敷近くの橋本町《はしもと》にある甚兵衛《じんべえ》長屋です」

「隣に誰が住んでた？」

「魚屋で、その向こうが御浪人さんです」

「その浪人の刀は、本身だったか」

「脇差は本身でしたが、長い方は竹光《たけみつ》でした」

「ほれ見ろ。ひとはな、手前のことの序《つい》でに、周りのことも覚えているもんなんだ。忘れようとしても、思い出そうとしなくともな」

「かも知れやせんが」と米造が言った。「やはり、無理はありやすかと」

「何でえ、お前までもかよ」寛助は小さく唸ってから、本当のところは、と言った。

「俺も無理かと思うんだが、いいか、思わねえんだよ。金輪際《こんりんざい》、無理だとはな」

「親分、意味が分からねえっすよ」新七が言い返した。

「耳の穴、かっぽじってよっく聞け。必ず何か見付かるはずだと思い込むんだ。あると思えば見付かるし、無いと思っていれば見付からねえ。そんなもんだ」

早く飲み込め、と寛助がふたりに言った。

「蕎麦切りなんざ、嚙《か》むこたアねえんだ」

三人は四ツ谷御門を東に見ながら、神田川に沿って北へと歩いた。

尾張徳川家の上屋敷を過ぎ、市ケ谷御門《いちがやごもん》を右手に、左内坂《さないざか》、浄瑠璃《じょうるり》坂を左手に、真っ直ぐ延びる川沿いの道をひたすら歩いた。

牛込御門《うしごめごもん》と牡丹《ぼたん》屋敷の間を抜け、船河原《ふながわら》橋を渡り、武家町を行き、水戸徳川家の上屋敷の前を通り、お茶の水に入り、湯島《ゆしま》聖堂に出るなんぞは、寛助らの足にとっては造作もない道程だった。

「今度は金貸しだ。坂口屋藤兵衛。先ずは明神下の自身番からだ。何か見付けろよ」

「へい」米造と新七が声を揃えた。

自身番で事件のあらましを聞いた後、土地《ところ》の岡っ引・巳之吉《みのきち》を訪ねた。巳之吉は女房に一膳飯屋《いちぜんめしや》を開かせていた。

縄暖簾を指先で割って、敷居を跨《また》いだ。

威勢のいい小女《こおんな》の声が迎えた。

「済まねえ。親分はいなさるかい？　あっしは、主水河岸の寛助ってえ、御同業の者だが」

「お待ちを」

　小女は一旦奥へ引っ込んだ。

　客は三人。丼を抱えた客がひとりと、小魚の甘露煮を肴に酒を飲んでいるのがふたり。流行っているようには見受けられなかった。俺は小間物屋にしておいてよかったな、と寛助が思っているところに小女が戻って来た。

「裏に回って下さい、と言ってます」

「ありがとよ」

　店を出て、脇の抜け裏に入った。形ばかりの木戸を開けると、男が丸太に腰を下ろして、小魚の腹を割き、腸《はらわた》を抜いていた。男は桶の水で手を洗うと、煮染《にし》めたような手拭《てぬぐい》で水気を取りながら立ち上がった。

「寛助親分は、隠居なさったと聞いておりやしたが」

「面目ねえ。また、舞い戻っちまったのよ」

「止められねえって訳でございやすか」巳之吉が笑った。

「誘われると断れなくてな」

「それで、あっしに何か」

寛助は、与兵衛の名を出さずに、手短に《百まなこ》を追っていることを話した。

「藤兵衛が殺された時の様子を、教えちゃくれねえか」

真夜中の殺しだったので、見た者は誰もいなかった。気付いたのは娘で、朝方小用に立ち、廊下の隅でうずくまっている藤兵衛を見付けたのだった。

「小便を終えた藤兵衛が、手水《ちょうず》で手を洗おうと、戸を開けた。そこをぐさっと一突きにされたんでございやす」

「親分は、夜中小便に行きやすか」寛助が巳之吉に訊いた。

「飲み過ぎた時には行くかも知れやせんが、先ずは行かねえかと」

「あっしは、一度は起きやす。手前らは、どうだ?」米造と新七に訊いた。

ふたりの返事は同じだった。起きない。

「するってえと、《百まなこ》は藤兵衛がいつも夜中に小便に起きることを知っていたってことになるか」

「最初から知っていたか、調べたか、ですね」米造だった。

「調べたとすれば、辺りの連中に訊いて回っているはずだな」寛助が言った。

「元から知っていたって線は?」

「薄いな。《百まなこ》は四ツ谷、両国、そしてここと、ばらばらの場所で殺している。そんなにあちこち詳しいはずがねえ。ってことは、調べたはずだ」

寛助が、気を悪くしねえで聞いておくんなさいよ、と断ってから巳之吉に言った。

「二年前、藤兵衛が殺された頃、誰か藤兵衛のことを尋ね回った者がいなかったか、調べは？」

「しておりやせん……」

《百まなこ》の仕業だって騒がれたもので、端《はな》から周りのことは調べなかった、と巳之吉が答えた。

「何しろ瓦版は《闇の御裁き人》だと義賊のように書き立てるし、俺たちにしても、藤兵衛は殺されて当然だという思いがあったことは否《いな》めやせん」

「訊いて回りたいのでやすが、力を貸してもらえやしょうか」

土地の岡っ引を連れていた方が、調べははかどる。

「お安いこってす」

ちいと待っていておくんなさい。巳之吉は言い残して、裏の戸口から台所に飛び込んだ。

「日を改めて御挨拶させていただきやす。今日はありがとうございやした」

寛助らは、巳之吉の後ろ姿を見送ってから、神田花房《はなぶさ》町の茶屋に入り、腰を下ろした。

「茶とな、餅を六つばかし焼いてくれ」

これと言う収穫のないことが、疲れを重くしていた。

分かったことは、藤兵衛が殺された前年、恐らく今から三年くらい前に、定廻り同心の占部と瀬島が、そして岡っ引の《はぐれ》の仙蔵が訊いて回っていたことだけだった。その頃、奉行所でも藤兵衛の悪行を調べようとしていたのだろう。その悪行について、新しい事実は浮かんで来なかった。

「無駄足とは言いたかねえが、何の進展もなかったな」

「何を仰しゃるんです。そんなこたアござんせんよ。歩いていれば、《百》に近付いているんでございやすよ」新七が訳知り顔で言った。

「埒《らち》もねえ。手前に言われちゃ終《しま》いだぜ」

「親分、そりゃねえっすよ」

茶と餅が来た。一口茶を啜《すす》り、咽喉を湿らせてから餅を摘み上げ、食らい付いた。

三年前の己が、五年、十年前の己が、まざまざと脳裏に甦った。

(こうでなくちゃいけねえ)

と寛助は思った。俺は、死ぬまで十手持ちなんだ。

「食ったら、両国に回るぜ」

新七がふたつ目の餅を銜《くわ》えながら、米造を見た。


その頃——。

与兵衛と朝吉は、本所の割下水《わりげすい》が横川《よこかわ》と合流する長崎《ながさき》町の居酒屋《しま屋》にいた。

割下水には、南割下水と北割下水のふたつがあるが、割下水と言えば南割下水を指した。割下水は、道の中央に掘られた掘割のことで、一本の道を左右に割るところから割下水と呼ばれた。割下水の周辺は、御家人が多く住まうことで知られていた。

御家人とは、将軍の直臣で御目見得以下の者を言った。家格は、譜代《ふだい》、二半場《にはんば》、抱席《かかえせき》の三つに分けられており、八丁堀の同心は抱席であった。

抱席は一代限りの御勤めだが、隠居と同時に、その息や養子が新たに出仕するので、結果的には家督相続と変りない。しかし、形式的には、あくまでも家督相続は許されていない。これに対して、譜代と二半場は家督相続を許されていた。

来島半弥は譜代の御家人であった。無役となり小普請《こぶしん》組に編入されたのが、六年前。それ以降、譜代や二半場の次男や三男を集めて徒党を組み、飲む打つ買うに強請《ゆす》りたかりに脅しと、破落戸《ごろつき》のような暮らしをしていた。

町奉行所としては、見捨てておきたくはなかったが、支配違いで手出しすることは出来なかった。

——あんなのは、殺されなければ分からねえんでございやすよ。

とは、本所三笠《みかさ》町の岡っ引の台詞《せりふ》だった。

《しま屋》は、土間に膝の高さの飯台が六つと酒樽の腰掛けが無造作に並べられている、安価な酒場だった。

その《しま屋》に与兵衛が入っているのには訳があった。そこが、来島半弥の馴染《なじみ》の店だったからだ。本所三笠町の岡っ引から訊き出したことだった。

岡っ引は姿を消していた。関わり合いになって得なことは無い。そう思ったのだろう。

銚釐《ちろり》の酒を猪口《ちょこ》に注いでいると、険のある目付きをした侍が縄暖簾を額で割って入って来た。

侍は客の顔を嘗《な》めるように見回してから、与兵衛の右隣の飯台に近付いた。

「おい」

言われた大工のふたり連れが、後退さるようにして席を空けた。侍は刀を抜き取ると、板壁に立て掛け、酒樽に腰を下ろした。小女が、飯台の上を片付けている。

「酒だ」

小女は直ぐに、台所に下がった。朝吉は、猪口に残った僅《わず》かばかりの酒を嘗めている。

与兵衛は銚釐を取り上げ、朝吉の猪口と己の猪口に注いだ。先程までは、客の話し声でよく聞き取れなかった酒を注ぐ音が、はっきりと聞こえた。

静けさを破ったのは、笑い声だった。声高に話し、無遠慮に笑い声を立て、近付いて来る者がいた。その者どもは、《しま屋》の前で足を止め、侍を見付けると、ずかずかと踏み込んで来た。酒樽の侍は着流しであったが、ふたりは袴《はかま》を着けていた。

「酒だ」

と後から入って来た侍のひとりが、奥に向かって叫んだ。酒は直ぐに来た。

「おっ、早いな」

「俺が頼んでいた」

「半弥殿が。それは丁度よいところに来合わせた」

ふたりは銚釐の酒を取り合い、注ぎ合っている。

朝吉が顔を向けて来た。与兵衛は煙草盆を引き寄せると、煙管《きせる》を取り出し、煙草を詰め、火を点けた。

与兵衛の口から吐き出された煙が白く棚引いた。

「くせえな」と袴の片方が言った。

「お抱え」半弥が手で煙を払った。「安煙草は不愉快だ。止めろ」

お抱えは抱席のことである。

「絡まないでくれ。酒が不味《まず》くなる」

「何だと……」目を剝いた半弥に代って、袴が立ち上がった。

「まあ、待て」

与兵衛は袴を手で制すと、煙管を銜《くわ》えたまま懐に手を入れ、小銭を飯台に置いた。

「俺たちは出る。邪魔したな」

「だらしねえな。八丁堀もよ」

半弥らに顔を向け、勝ち誇ったかのように身体を揺らして笑う袴の陰から、与兵衛が燃えさしの煙草を吹き飛ばした。

煙草は火の玉となって宙を飛び、袴が座っていた酒樽に落ちた。

「尻尾を巻いて逃げるとは、情けねえぜ」

どっかと腰を下ろし、ぐいと酒を呷った袴が、尻を叩きながら飛び跳ねた時には、与兵衛らの姿は長崎町界隈にはなかった。


「ざまア見やがれってんですよ、ねえ旦那」

朝吉が意気揚々《いきようよう》と毒突いたのは、竪川《たてかわ》に出てからだった。

「あんな奴どもを野放しにしておくんですかい?」

「小悪党だ。そのうち勝手に自滅する」

与兵衛の怒りを含んだ声に、朝吉は押し黙った。

拝むような面ではなかった、と与兵衛は竪川の水面を睨み付けた。

ふと、己が随分と見当違いな調べをしているのではないかという思いが、与兵衛を捉えた。与兵衛は自らに問い掛けながら歩み続けた。

本所松坂町《まつざかちょう》を通り、回向院《えこういん》の脇を抜けた。長さ九六間(約一七五メートル)の両国橋が見えた。両国広小路から程近い横山同朋町に《百まなこ》に殺された口入屋《若戸屋》が営んでいた店があったはずだ。

(序《つい》でだ。覗いてみるか)

与兵衛の足が、速度を増した。朝吉が慌てて追い掛けた。

三

昼八ツ(午後二時)を回った頃、与兵衛と朝吉は横山同朋町の扇問屋《おうぎどいや》の前に立っていた。

《若戸屋》は、主・四郎兵衛が殺された翌年、扇問屋の《和泉屋《いずみや》》に買い取られ、建て替えられていたのだった。

与兵衛らは、横山同朋町の自身番へと向かった。開かれた腰高障子の中に、数人の男がいた。

男のひとりが振り向き、旦那、と言った。下っ引の新七だった。

新七を押し退《の》けるようにして寛助が飛び出して来た。

「滝与の旦那、どうしてこちらへ?」

与兵衛は答える前に、

「済まぬが、外してくれぬか」

自身番に詰めていた家主や店番を外に出してから、花川戸の香具師の元締と本所の御家人の器量を調べた帰りだと話した。

「で、どうでございやした？」

見て感じたままを話して聞かせ、寛助らの成果を尋ねた。

「駄目でさあ」寛助が手を横に振った。「四年前のことなのに《若戸屋》があったことすら知らねえ者もいるんですからね。この辺りは変っちまったんでございやすねエ」

三件の殺しを洗い直してみても、結局何も手掛かりになるものは見付けだせなかったことになる。

「仕方ねえやな。俺たちが一日歩いただけで見付けられるのならば、とっくの昔に誰かが見付けているよ」

「明日からですが、弥吉を見張る合間に、ちょいと歩き回ってもよろしゅうございやしょうか」

「《百まなこ》のことでか」

「何が《百まなこ》の癇《かん》に障《さわ》ったかを調べてみやす」

「当てはあるのか」

「裏稼業の者に訊いてみようかと」

「危ねえことはねえな」

「へい、昔馴染の者ですので」

「何だったら、俺か誰か、付いて行くぜ」

「却《かえ》ってひとりの方が」

「分かった。それで弥吉の件だが、見張り所はあるのか」

「手頃なのがあった、と米造が申しておりやすので、今夜にでも行って、決めて参りやす」

「任せよう」

「滝与の旦那の明日の御予定は？」

「ひとつ残すのも気持ち悪いしな、今日回りそこねた芝大門を片付けようと思っている」

「宗兵衛の顔は、ご存じで？」

「いいや、知らねえ」

「でしたら、あっしがお供いたしやす」

「いいのか」

「日が落ちたら、ちょいと調べに回らせていただきやすので、それまでは大丈夫でございやす」

「分かった」

「では、朝御出仕前に組屋敷にお迎えに参りやす」

与兵衛と寛助が新七の淹《い》れた茶を受け取っていると、なにやらひどく慌てた声がした。外に出していた自身番の者どもだった。米造が障子を開けた。

お店の手代風の男が、口の端に泡を溜め、家主に縋《すが》り付いていた。

「どうしたい？」米造が訊いた。

「お助け下さい。棒手振が勤番侍《きんばん》に難癖《なんくせ》を付けられているのでございます」

酒に酔った田舎侍が、羽目《はめ》を外してしまったのだろう。

「場所は？」

米造が訊いている間に、与兵衛は刀を腰に差し、雪駄を突っ掛けた。

男は浜町堀に架かる千鳥橋《ちどりばし》の方を指さしている。

「案内しろ」

言った時、既に与兵衛の手は手代の背を押していた。

人だかりを割ると、鼻から血を滴《したた》らせている棒手振を、五人の武家が取り囲んでいた。

如何《いか》にも垢抜《あかぬ》けない、もっさりとした髷《まげ》の男が、青菜《あおな》の束を踏みにじっている。人だかりから小さな悲鳴が上がった。仲間の四人は、それを面白がり、笑って見ている。

もっさり髷がふたりと細身のすっきり髷が三人という割合だった。恐らく、新たに江戸詰めになったふたりの浅葱裏《あさぎうら》を、三人が江戸見物に連れ出したのだろう。

「いい加減にしねえかい」

与兵衛が進み出た。

「何があったか知らねえが、五人でひとりをいたぶるなんざ、武士のすることじゃねえ」

「何だ、お前は?」目の縁を赤くしたもっさりが、酒臭い息で言った。

すっきり髷がもっさりの袖を引いた。

「これは町方の出ることではない、我々に預けてもらおう」

腕に多少の自信があるのか、腰を割るようにして言った。

「お前さん、ここをどこだと思っていやがる。花のお江戸で起ったことに、八丁堀が関係ねえだと、この田舎者めが」

怒鳴った序でに、棒手振に訊いた。

「何があった？」

「いきなりなんでございます」棒手振がか細い声を上げた。

「そうだぞ。俺は最初から見ていた。浅葱裏の田舎侍《もん》が、突然殴ったんだよ」

見物衆から、幾つもの声が沸き起った。

「となれば、捨ててはおけねえな」

「儂《わし》らを誰だと思う。儂らは」

「言ってみな。主家の恥晒《はじさら》しになってもよければな」

すっきり髷が咽喉《のど》を鳴らした。

「言えねえか。そうか、手前どもは浪人か。浪人が、酒に酔い、善良な町屋の者を殴り、商売物を駄目にしたって訳か。これはもう、取っ捕まえて、大番屋に送り、小伝馬町に叩き込んでやるしかねえな」

「何を」すっきり髷が刀の柄《つか》に手を掛けた。

「抜くか。抜いて、どうする？　俺を斬るってか。斬って赤い血が出たら、手前が小汚い腹をかっ捌《さば》いたくらいでは収まらねえが、それでいいんだな」

すっきり髷の額に脂汗が浮いた。汗は頰を伝い、顎から地面に落ちた。

堪《こら》えている。すっきり髷が、刀を抜くまいと、危ういところで懸命に堪えている。

もし何か刺激を与えれば、間違いなく抜刀し、斬り掛かって来るだろう。昼日中、勤番の者と悶着《もんちゃく》を起す。町同心として、出来るだけ避けねばならないことだった。

(抜かった)

思わず与兵衛は心のうちで舌打ちをした。相手を追い詰めたところまではよかったが、そのために己の進退も窮《きゅう》してしまった。

何か策はないのか。考えながら、間合を空けようと足指をにじろうとした。

その時、見物人を掻《か》き分《わ》けて現れた男が、叫んだ。

「往来で、何事か」

目の隅に黒羽織と着流し姿が映った。八丁堀の同心だった。

(誰だ?)

「双方とも、頭を冷やし、ゆるりと一歩、足を引け。引いたら、俺の面を見ろ」

すっきり髷が先に足を引き、声の主に目を遣った。

「中津川殿」

その目が一瞬膨《ふく》らんで見えた。

(何だと……)

与兵衛が足を引くのを待って、同心が名乗った。

「南町奉行所下馬廻り同心・中津川悌二郎でござる。流石《さすが》は、村山《むらやま》殿。御殿様の登城日毎に大手門外で合わせる顔は、忘れてはおられぬようですな」

「……」

「話は聞かせていただいた。村山殿、この始末、どうお付けになられます？」

「知らぬ」

「御国許ならともかく、ここは江戸。それでは通りますまい。無理矢理通そうと言うのなら、今ここで村山殿が仕える御家の名を大声で叫びますが、よろしいですかな」

「どうせよ、と言うのだ？」

「棒手振に、青菜の代と詫《わ》び料を払って下さい」

「如何程《いかほど》だ？」

「それは村山殿が考えること。しかし、少ないと笑い物になりますぞ」

村山が棒手振の脇に行き、紙入れの小銭を掌に明け、手渡している。

「足りたか」中津川が棒手振に訊いた。

「へい」棒手振が鼻血を拳で拭いながら笑みを浮かべた。

「よし」と中津川が言った。「如何に酒に酔うても、そこは武士。もそっと毅然《きぜん》としていただきたいものですな」

「おのれ、言わせておけば……」もっさり髷が握り締めた拳を震わせている。

「江戸留守居役殿にも、そのように申し伝えましょうか」

村山が、もっさり髷の腕を取り、強引に歩き始めた。取り巻いていた見物衆の輪の一部が切れた。

「見世物は終りだ。散れ」

中津川が町屋の者どもに怒鳴った。

見物衆が歓声を上げ、てんでに棒手振に声を掛けた。近寄って親しげに肩を叩く者もある。

勤番侍どもは、人目を避けるようにして、そそこそとその場を離れようとしていた。人々は、次第に早足になる一行の背中に、後ろから罵声を浴びせ、溜飲を下げた。

辺りは一時《いっとき》騒然としていたが、次第に人声もまばらとなり、やがて人々は三々五々と散って行った。

その時になって初めて、与兵衛と中津川の目が合った。

「高積見廻りの滝村さん、でしたね」

「おう」

中津川は軽く頭を下げ、言った。

「出過ぎたことをいたしました。御無礼の段、お許し下さい」

「いやいや、私から礼を言うのが筋であろう。助かった。身動きが取れなくなってしまった」

「それならばよかった」

「上手い具合に居合わせたものだな」与兵衛が言っている。

「近くまで調べに来ていたのです。今はもうないのですが、横山同朋町に口入屋がございまして……」

中津川は、そこで言葉を切った。《若戸屋》のことだった。寛助が身動《みじろ》ぎする気配がした。与兵衛が訊いた。

「何を調べているのか、差支《さしつか》えがなければ」

「滝村さんと同じです。《百まなこ》ですよ」

中津川は、ふっと冷たい目で与兵衛を見ると、では、と言って頭を下げ、何事もなかったかのように、その場を離れて行った。手の者なのだろう。数人の男が、間合を取って従っている。

寛助が、吐き捨てるように言った。

「若いのに、口の利き方が嫌みな御方でございやすね」

「慎まねえかい。一応は助けられたのだ」

「へい。相済いやせん」

「それに、若くない。俺とひとつ違いだ」


夕七ツ（午後四時）。

奉行所に戻り、高積見廻りの詰所に行くと、塚越丙太郎が煙草を吸っていた。濃い煙の固まりをぱくりと飲み込み、数瞬の後、鼻から棒のように煙を吐き出す。見ていると、呼気を合わせてしまうような吸い方だった。

与兵衛に気付いた塚越が、大変だな、遅くまでと言った。

何事もなければ、夕七ツは同心が奉行所を出る刻限だった。

「いや、今日はもう上がりだからな。ちくと飲むか。奢《おご》るぜ」

「では、金だけ寄越せ。ひとりで飲む」

「どうしたんだ、何があった？」

「俺は上がりだが、与兵衛はまだ上がりではないからだ。占部さんが、詰所で待っている」

「それを先に言え」

与兵衛は詰所の敷居を跨《また》ぎながら、また飲もうと言った。今度は、俺の所為《せい》にするなよ。

奉行所の庭に飛び出し、玉砂利を蹴り、定廻りの詰所に向かった。

占部鉦之輔は、文机を引き寄せ、日録を書いているところだった。占部は筆を擱《お》くと、くるりと振り返り、座るように言った。

「例繰方に行ったそうだな。椿山に聞いた」

「はい。すべてに目を通しました」

「組紐をしつこく引いたらしいな」

「そんなことまで……」

三回しか引かなかったと与兵衛は言った。

「俺も、覚えがある。すっ飛んで来たのは、椿山ではなかったが。あれは、なぜか、引きたくなる紐だな」

占部は小さな笑い声を立てると、どうだ、と言って真顔になった。

「調べの具合は」

「はい」

御用控に記されたことを基に、更に何か摑めないかと、香具師の元締などを訪ねる一方で、殺された三件を洗い直していることを話した。

「香具師の元締は川口屋承右衛門か」

「はい」

「よく会えたな。何度足を運んだ？」

「初めてですが」

「《川口屋》にいたのか」

「いいえ、妾宅に」

「妾宅を、どうやって知った？」

柳橋で雇った舟の船頭に訊いたのだと告げた。

「何か収穫は？」

「《百まなこ》が捕まらないのは、奴が町奉行所の飼い犬だからだと申しておりました」

「元締をしているだけのことはあるな。そこに行き着いていたか」と言って占部が、腕組みをした。

岡っ引の岩松にしろ、金貸しの藤兵衛にしろ、腕っ節は相当なものだった。特に岩松は勘が鋭く、一対一の喧嘩なら、生半《なまなか》な侍には負けないだけの腕があった。その者どもに気配を悟られることもなく近付くのは、相当の技量がなければ出来ないことだ、と占部は言った。

「だから俺は、《百まなこ》は剣の心得のある侍で、しかも江戸の悪党に詳しい者ではないかと思った」

「まさか……」

その条件を一番満たす者は、奉行所の役人だ。

「そうだ。俺たちと同じ同心か与力で、その中でも獲物を一突きで殺すだけの心得があり、肝の据わった者だ」

「殺しの場所が散らばっているので、仲間がいなければ出来ないのではと考えましたが、同心や与力であれば、仲間は必要ないのですね」

「どこにどのような悪がいて、捕えることも出来ずにいるかなど、奉行所にいれば分かることだからな」

「しかし、それだけ分かっていて、何か手を打てないのですか」

「何が分かっていると言うのだ。奉行所に出入りしている者が《百まなこ》だという証は何もない。だいたい役人なら、こっそり人殺しをしなくとも、堂々と御縄に掛けようとするのが当り前の話だ」

「はい……」

「同心の数は、南北併せて二百四十人。南だけでも百二十人いる。誰がどれ程の腕か、調べようがない。怪しいからと言って、奉行所中の者を問い質《ただ》す訳にもいかねえしな。もし《百まなこ》が同心か与力であるのなら、尻尾《しっぽ》を出すのを待つしかないのだ。焦《あせ》ることはない。同心であるかも知れないし、与力であるかも知れないし、あるいは俺たちが見落しているだけで、まったく違う者であるかも知れないのだからな」

「占部さん」

「何だ?」

「どうして私や中津川を選ばれたのですか」

「中津川のことは、誰から聞いた?」

「本人です」

「ふたりとも《百まなこ》には見えなかったからだ」

占部の答は、呆気《あっけ》ない程簡潔《かんけつ》だった。

「《百まなこ》を見たこともないのに、分かるのですか」

「分かる。ふたりとも、手っ取り早く殺さなくとも、悪を追い詰めるだけの器量がある。だから、《百まなこ》じゃねえ」

「占部さんは?」

「俺か。俺は、分からねえぞ」

どこまでが本気なのか、与兵衛は戸惑《とまど》いながら定廻りの詰所を出た。

組屋敷に戻ると、既に豪は眠ってしまっていた。

「今日、床上げをされたのですが、夕方頃から疲れたと仰しゃって、夕餉を軽く召し上がってからお休みになられました」

「庭に下りて、草むしりでもされたのではないか」

与兵衛は冗談のつもりで言ったのだが、本当だった。

「お止めしたのですが、聞いて下さいませぬ」

多岐代が、恨みがましさを、拗《す》ねた口調で表した。

「困った御方だな」

着替えてから遅い夕餉《ゆうげ》を摂《と》った。

豪の床上げの祝いだからと、魚の煮付けの他に豆腐に卵を加えて煎《い》ったものなど、皿が並んでいた。

「御馳走だな」

食べながら、明朝岡っ引の寛助が迎えに来ることになっていると話した。

「一緒に出仕する」

「承知いたしました。朝餉を用意いたしましょうか」

「茶でよいだろう」

「でも、御新造としてよいところを見せないと」

「いつものままでよいのだ。そのうち、夕餉にでも招くつもりだからな」

「分かりました。その時は、御馳走を作ります」

「頼むぞ」

「お任せ下さい」

多岐代が嬉しそうに、胸をとん、と叩いた。

第三章　秘技《花陰《はなかげ》》

一

四月十五日。六ツ半（午前七時）。

岡っ引・主水河岸の寛助と米造、新七の三人は、江戸橋、海賊橋と渡り、丹波綾部《たんばあやべ》の領主・九鬼《くき》家の上屋敷の前を通り、八丁堀与力、同心の組屋敷が並ぶ小路へと足を踏み入れた。

組屋敷の木戸門を開けた。通りを挟んで、同心組屋敷がずらっと並んでいる。寛助らは、通りを東に向かった。半町程歩いたところに目指す屋敷はあった。

寛助は子分ふたりに、待っているように言い、片開きの木戸を押した。木戸が軋《きし》んだ。音を聞き付けたのだろう。家の中で、ひとが動く気配がした。

主水河岸の寛助でございます。玄関先に立って、寛助が呼び掛けた。

「滝与の旦那のお供に参りました」

顔を起した寛助の目の前で、御新造と思われる女が棒立ちになっていた。

「御新造さんでございましょうか。あっしは……」

女は袂《たもと》で顔を隠すと、挨拶もそこそこに奥へと戻ってしまった。奥の方で、先程とは違う、もっと年老いた女の声がした。何かひどくとげとげしい声を上げている。

玄関に首を差し込み、覗いていると、廊下を急ぎ来る衣擦《きぬず》れの音がした。

「其《そ》の方か」

薙刀《なぎなた》を手にした老婆が、寛助に訊いた。

「滝村の家を愚弄《ぐろう》したのは？」

老婆は式台から三和土《たたき》に素早く下り、身構えた。薙刀の切っ先が、寛助の胸許に伸びている。寛助は、思わず逃げ腰になった。

「お待ち下さ……」

寛助の声は中途で消し飛んだ。

「えい」

突き立てようとした薙刀が宙に浮いた。駆け付けた与兵衛が、薙刀の柄《え》を摑み取ったのだ。

「母上、いかがなされました。寛助、お前もだ」

「何が何だか分からないんでございますよ。あっしはただ、滝与の旦那をお迎えに伺っただけで」

「おのれ、まだ申すか。言うに事欠き、多岐代の旦那とは何事か」

声を荒らげている豪を見て、ようやく与兵衛が気付いた。「滝与」というのを「多岐代」と聞き違えているのだ。

「母上、間違えておられます」

「何を、か」

「私が、たきよです。滝村の与兵衛、ですから」


「どこにいらしたんでございますか」

寛助が、組屋敷の方を振り返りながら言った。

「済まぬ。丁度髪結いが来ていたのだ」

「これからは、組屋敷に参りやした時は、呼び方を変えた方がよろしゅうございやすね」

里山伝右衛門の助けをしていた頃は、里山の組屋敷に集まったので、滝与と呼ばれても、何の問題もなかった。

「そうしてくれるか。いや、とんでもないところを見せたな」

「……驚きました」

「俺もだ。すっかり目が醒《さ》めた」ひとしきり笑ってから、米造と新七には、と与兵衛が言った。「悪いことをしたな」

御挨拶にと、寛助の供をして来たのだが、そのような暇はなく、慌てて昨晩決めて来た雉子町の見張り所へと駆けて行ったのだった。

「何事も経験でさあ」

寛助が一言で片付けた。

与兵衛が奉行所の大門から出て来るまで、寛助は大門前にある腰掛茶屋に入って待つことにした。大門裏に岡っ引のための控所があったが、寛助は他の岡っ引と面突き合わせていることを好まなかったのだ。しかし、大門前の腰掛茶屋は、月番の時は商いをしているが、非番の時は閉まっている。来月になったら、嫌でも控所に顔を出さねばならないだろう。

茶を飲み、煙草をくゆらせ、寛助は与兵衛が出て来るのを待った。

まさか、再び町方の手伝いをして江戸市中を歩き回ることになろうとは、露程《つゆほど》も思っていなかった。

腰が、背筋が伸び、飯も酒も美味《うま》くなった。やはり俺は根っからの十手持ちなのよ。思わず力を込めて、灰吹きに吸殻《すいがら》を叩き付けているところに、与兵衛が中間の朝吉を連れて、大門から出て来た。

岡っ引の習性で、茶代を先払いしていた寛助は、即座に腰を上げ、与兵衛の斜め後ろに付いた。

「何を息巻いていた？」

雁首《がんくび》を灰吹きに叩き付けたのを見られていたのだ。寛助は、思わず赤くなり掛けた頬を撫《な》でながら、腕が、と答えた。

「鳴っているんでございやすよ」

与兵衛らは、数寄屋橋御門を通ってから東に向かい、三十間堀川へと出た。川に沿って南に進むと、汐留《しおどめ》川と合流する三十間堀八丁目で道は大きく西に曲っている。そのまま道なりに行くと新橋《しんばし》のたもとに着く。この辺りは米屋と薪《まき》屋が多く、ために荷積みや荷車の問題で、高積見廻りとはよく悶着《もんちゃく》を起す一帯であった。悶着と言っても、高積が一方的に指導と警告をするだけだったが、それ以上面倒が起らぬようにと付届が来るので、言い方を変えれば高積の御得意様であった。

　この一帯で思わぬ時を食い、芝大門前の料理茶屋《浜田屋》に着いたのは、四ツ半(午前十一時)を回った頃だった。

　主の宗兵衛は、芝高輪の香具師《やし》の元締で、確とした証はないが、裏の稼業のひとつとして殺しを請け負っているという噂のある男であった。

　その《浜田屋》の門前に人垣が出来ていた。大事な客が帰るところらしい。駕籠《かご》を取り囲むようにして、《浜田屋》の半纏《はんてん》を着た若い衆どもの背がうねっていた。人垣の隙間から、鬢《びん》に白いものが交じった男の横顔が覗いた。

「あれが」と寛助が、与兵衛に耳打ちした。「浜田屋宗兵衛でございやす」

　宗兵衛は、恰幅《かっぷく》のよい男を駕籠に促しながら、己を見ている与兵衛に気付いたのか、僅《わず》かの間だったが動きを止め、凝《じ》っと目を合わせて来た。不気味な底光りをする目だった。

「滝与の旦那、驚きやした」寛助が思わず指をさそうとして思い止まっている。「駕籠に乗り込もうとしているのは、千頭の駒右衛門でやすぜ」

「……」

　宗兵衛が視線を逸《そ》らしたのを潮に、駒右衛門に目を遣った。駒右衛門が、大きな身体を持て余しながら、駕籠に乗った。脇に浪人者が寄り添っている。浪人が、ちら、と与兵衛を見た。身のこなしに、一分の隙もない。相当腕が立つと思われた。

駕籠が動き出し、見送りの者どもが頭を下げた。宗兵衛を見詰めた。頭を起した宗兵衛は、与兵衛を無視して門の中に消えてしまった。

「行くぜ」与兵衛は、踵《きびす》を返しながら言った。宗兵衛の調べを打ち切ったのだ。

「よろしいんで？」寛助が未練を残しながら訊いた。

「あの宗兵衛って奴には、ひとの血なんぞ流れていねえ。何を訊いても話さねえし、尻尾を見せもしねえだろうよ」

「それでは、《百まなこ》のことを探れねえじゃねえですか」

「焦《あせ》ることはねえ。ここは千頭を探りながら、《百まなこ》の何かが見えて来るのを待ちゃあいいんだ」

「見えて来るでしょうか」

「そのために、足を棒にしているんじゃねえか。歩いていれば、必ず何かにぶち当る。信じようぜ。だからこそ、お前も夜になったら聞き回ると言ってくれたんだろうが」

「そうでした。弱気になっちまって申し訳ありやせん」

「いいってことよ。後で笑い話にしようぜ」

だが、未だ五里霧中《ごりむちゅう》であると言わざるを得ない。来島半弥は論外だったが、《川口屋》からも《浜田屋》からも得るものは何もなかった。

（《百まなこ》は、今、どこで、誰を狙い、牙を研《と》いでいるのか）

一歩ずつ進むしかなかった。

与兵衛らは、《加賀屋》のある鎌倉町に回ることにした。

神明《しんめい》前を通り、日蔭《ひかげ》町通りを北に向かうと芝口西側町にぶつかる。西に折れてから北に曲ると中ノ橋《なかのはし》の南詰に出る。その南詰にある茶屋に男がいた。

「滝与の旦那、あれは」

岡っ引《はぐれ》の仙蔵だった。仙蔵は、腕を組み、俯《うつむ》くようにして目を閉じていた。その姿には、声を掛けられるのを拒む頑《かたくな》なものがあった。

「こんなところで何をしているんでしょうね」

「うむ……」

《はぐれ》か、と口に出して呟《つぶや》き、歩みを早めた。

与兵衛らは中ノ橋を越すと、堀沿いの道を通り、比丘尼《びくに》橋、一石《いちこく》橋、竜閑橋を抜け、鎌倉河岸へと出た。

主・作左衛門の死から四日、《加賀屋》は葬儀を終え、商いを再開していた。

与兵衛が探すまでもなく、番頭の佐兵衛が腰を屈《かが》め、擦り寄って来た。

「主がことでは、御番所の皆様の御手を煩《わずら》わせ、大変申し訳ございませんでした」

「そんなことは、大したことではない。お店はあれこれと大変だったろうな」

「それはもう……」佐兵衛が、如何《いか》にも疲れました、と眉間に皺を寄せた。

「今日は線香を上げさせてもらおうと思って来たのだが、構わねえかな」

「わざわざ、ありがとうございます。さぞや……」

佐兵衛は小声で礼を言いながら、手代を手招きした。房之助が、佐兵衛の脇に控えた。

「御内儀様にお伝えしておくれ。滝村様が御出で下さいましたので、仏間までお願いいたします、とね」

佐兵衛は言い終えると、手で奥の方を示した。

与兵衛は先に立って内暖簾を潜り、奥へと続く板廊下を歩いた。

静かだった。ひとの話し声もなければ、物音ひとつ聞こえて来なかった。

中庭が見える辺りから、線香がにおい始めた。開け放たれた障子から薄青い煙が細くたなびいている。

座敷に入ると、内儀が下座で手を突いていた。与兵衛は、悔やみを述べ、線香を立て、掌を合わせた。

頭を深く下げた内儀と番頭の佐兵衛に、此度の一件は、と与兵衛は言った。

「私の預かりと相なった。ついては、決して暖簾に疵が付かぬよう気を配るゆえ、知っていることを話してもらいたい」

「ありがとう存じます」佐兵衛が答えた。「しかし、本当に何もなかったのでございます」

「御内儀も、そうか」

「はい。主・作左衛門は、あれこれと気にする性分で、それがために思い詰めたのでございましょう。そうとしか、考えられません」

「重ねて言うが、俺が預かるってことは、何が出て来ても、俺の胸三寸に収めることが出来るってことだ。分かるな？」

「はい」

「分かっちゃいねえ。お前さんらがしていることは、悪党をかばっていることになるんだぜ」

「……」

内儀と番頭が押し黙った。

「これだけ言っても、駄目かい」

分かった。何度も足を運んでは商いの邪魔になろう、と与兵衛はふたりに言った。

「何か思い当ることがあった時は、何でも構わぬ。知らせてくれ」

佐兵衛と手代らに見送られ、《加賀屋》を出た与兵衛は、寛助と朝吉を伴って、お店を見通せる蕎麦屋に入り、腰を落ち着けた。

「何も言いやせんね」

「あれでいいんだ。俺の預かりと知って、心が一寸《ちょっと》は揺らいだはずだ」

「言うでしょうか」

「言わなければ、ひとりひとりと膝突き合わせて泥を吐かせるしかあるまい」

「手始めに、誰からやりやしょう」

「手代の房之助だ。若《わ》え方《け》が、口は軽いからな」

与兵衛が懐から切紙を取り出して、寛助の前に広げた。事件当日、当番方与力が認《したた》めた調書《しらべがき》を書き写したものだった。房之助の名の下に、住まいが書かれていた。

「永富《ながとみ》町か。通いで助かったな」

「まったくで。外でなら何か話してくれるかも知れやせん」

「期待しようぜ」

蕎麦が来た。大根卸《おろ》しと針生姜《はりしようが》と白身魚を炙《あぶ》って割いたものが山のようにのっていた。春大根の卸しと針生姜の辛《から》みを、白身魚の甘みが穏やかに包み込んでおり、めっけもんの一杯だった。

「いけますね」

勤めの話だからと、それまで遠慮していた朝吉が唸って見せた。

「美味い」寛助も箸を休めようとしない。

「癖《くせ》になるな」

与兵衛も暫《しばら》く蕎麦を手繰っていたが、頃合を見て、ふたりに言った。

「夕刻までには間がある。食い終ったら、《加賀屋》の株仲間に当るぞ」

二

竜閑橋から東に延びた神田堀が南に折れる橋本《はしもと》町に、瀬戸物問屋《鳴海《なるみ》屋》はあった。《鳴海屋》の主・善右衛門《ぜんえもん》は、株仲間の世話役をしていた。

奥座敷に通された与兵衛と寛助は、加賀屋作左衛門について善右衛門に尋ねた。

「何か変った様子はなかったか」

「格別これと言ったことには気付きませんでしたが」

「何もなくて首を括《くく》るとは考えられない。何かあったはずなのだが」

「と仰せになられましても、寄合の時も……」

善右衛門は言葉を切った。

「どうしたい？」

「そう言えば、いつもより口数が少なかったかと」

「いつだい、その寄合があったのは？」

「先月の二十五日でございます」

毎月一度、二十五日に堀留《ほりどめ》町の料亭《舞鶴《まいづる》》で寄合が開かれるのだと善右衛門が言った。

自害して果てた十五日前になる。

「《加賀屋》が途中で抜けたとか、帰ったってことは？」

「それはございません」

「株仲間の者で《加賀屋》と一番親しかったのは誰か」

「左様でございますね……」善右衛門は考えた末に、富沢町《とみざわ》の《清洲屋《きよす》》の名を挙げた。

橋本町から神田堀、浜町堀と堀を継いで南に下れば、富沢町だった。

折よく清洲屋栄三郎《えいざぶろう》は、お店にいた。小僧や手代に混じって、蔵から荷を出しているところであった。栄三郎は作左衛門より十歳以上若く見えた。年の差が意外であった。

「いつも力仕事までやるのかい？」

大店の主が埃《ほこり》にまみれている姿を見るのは、滅多《めった》にないことだった。

「ともに汗を掻《か》く。これは先代、つまり父の遺訓なのでございます」

栄三郎は手拭で汗を拭くと、袖に腕を通しながら、座敷へと与兵衛と寛助を誘った。

与兵衛は、早速作左衛門のことを訊いた。

「《加賀屋》と親しかったと聞いているが」

「はい、よく面倒を見ていただきました」

「お前さんの方が大分若いようだが」

「若い私と話すのは楽しいと仰しゃっておいででした」

「先月の寄合の時に、何か悩んでいるような素振りは見えなかったか」

『しくじった』、と何度か呟《つぶや》いておられましたので、訳を訊いたのですが、何もお答えには」

「お前さんにもかい？」

「にも、とは？」

《加賀屋》と一番親しいと聞いたが」

「どちら様から私の名を聞き出されたのかは存じませんが、《加賀屋》さんとは親しくお付き合いさせていただきましたが、腹を割って話したことはございません。それはまた、別の方でしょう」

「するってえと」と寛助が訊いた。「一番親しいのはお前さんじゃねえと」

「一番ってのが誰だか、教えてくれぬか」与兵衛が言った。

栄三郎は暫く首を捻っていたが、やがてはたと膝を叩いた。

「小僧仲間だった、長太郎《ちようたろう》というお人がいらしたような」

更に栄三郎は、長太郎が七味唐辛子《しちみとうがらし》売りを生業《なりわい》としており、米沢町《よねざわ》辺りの長屋にいることを思い出してくれた。

与兵衛と寛助、そして朝吉の三人は、薬研堀《やげんぼり》へ向かった。長太郎の名と生業から、伝助《でんすけ》長屋を見付け出すのに手間は掛からなかった。

与兵衛らが着いた時、折よく長太郎は商いを終え、長屋に戻っていた。一目で八丁堀と分かる同心が、堅気《かたぎ》の暮らしをしている者の住まいを訪ね、話を訊くことはためらわれた。同心に問い質されるようなことをしているのかと疑われてはならない。

寛助に尻《しり》っ端《ぱし》折《よ》りしている着物の裾を下ろさせ、見掛けだけでもお店者《たなもの》のようにさせてから、三丁目の自身番まで連れて来るように命じた。

待つ間もなく、長太郎を引き連れて、寛助が自身番に現れた。

「済まねえ。ちいと教えてほしいことがあるんだ」

与兵衛は長太郎を三畳の座敷に上げて、入れ替りに大家や店番を外に出し、向かい合った。

長太郎は既に作左衛門が自害したことを知っていた。江戸市中を商いして回っている途中で知り、急ぎ駆け付け、人込みに紛れて手を合わせていたと言う。

「私と作平、それが作左の小僧の頃の名ですが、ともに三十七年前に《加賀屋》に奉公に上がったのでございます。それ以来の付き合いになります」

「お前さんは、何年で辞めた?」与兵衛が訊いた。

「三年でございます。辛抱が足りなかったと言えばそれまででございますが、他の奉公人と反《そ》りが合わずに、我慢出来なかったのです」

「それでも、作左衛門とは気が合ったんだな」

「作平は、心の穏やかな、気持ちのいい男でして、私が病気の時には寝ずに看病をしてくれたこともございました」

「お前さん、女房は？」

「死にました」

「そうだったのかい……済まねえな。辛いことを聞いて」

「いいえ、作平と会うと飲みに行っていた居酒屋におりました女で、本当は作平の方がぞっこんだったのです」

「では、お前さんが横取りしたって訳かい」

「ところが……」

その頃、作左衛門には《加賀屋》の一人娘との縁談が持ち上がっていた。

「我《わ》が儘《まま》勝手に育ててしまった娘を、真面目一筋の作平に押し付けたのです。断れば、お店にはいられません」

結局、大恩ある主人に是非にと懇願され、婿《むこ》に入ったのだった。

「着る物も、持つ物も品はよくなりましたが、心の中には隙間《すきま》風が吹くようになっちまったようでした。私が女房をもらってから、付き合いが途絶えました。その女房もふとした風邪がもとで死んでしまい、何年になりますか、そのまま作平に会うこともありませんでした。ところが、今年の正月になってのことでございます。両国の広小路でひょっこりと出会《でくわ》したんでございますよ」

また、会って飲むようになったのだ、と長太郎が言った。

「顔を見て、直ぐに分かりました。誰か女がいるな、と。根が正直だから、隠し事が出来ないのでございますよ」

「それが正月だったんだな?」

「はい。次に会ったのが、二月の頭でした。暗い顔をしておりまして、どうした、と訊くと、『しくじった』としか答えなかったのですが、私は女のことではないか、と思っておりました」

「作左衛門は『しくじった』と言ったのだな?」

清洲屋栄三郎が訊いた言葉と同じだった。

「間違いございません」

「女に心当りは?　作左衛門が、何かぽろりと言わなかったか」

長太郎は、暫く考えていたが、相済みません、と力無く言った。

「その時、嫌がられても根掘り葉掘り訊けばよかったのでしょうが、まさか死なれるとは思っていなかったもので」

「いいや、よく覚えていてくれた。御蔭で随分と話が見えて来た。ありがとよ。助かったぜ」

「あんなにいい男は滅多におりやせん。作平を追い詰めた者がいるのなら、どうか罰を与えてやっておくんなさいやし」

「野放しにはしねえから、安心しな」


永富町へと通じている通りの角に立って、与兵衛と朝吉は《加賀屋》の手代の房之助が姿を現すのを待っていた。

「お勤めのことに口を挟んで相済みませんが」と朝吉が、与兵衛の背中越しに訊いた。「房之助は、何か知っておりますでしょうか」

「俺は、そう思っている。長年勤めているからと、手代の身で通いが許されているのだ。奥のことも見聞きしているだろうよ」

「成程」一丁前の町方のような顔をして、朝吉が頷いた。

寛助が小走りに近付いて来た。

「野郎が帰って来やす」

「さあて、皆吐き出させてくれるとするか」

与兵衛は大きく伸びをしてから、一歩を踏み出した。

房之助が、手に持った扇子《せんす》をもう片方の手に打ち付けながら歩いて来た。どうやら新内節《しんないぶし》か何かの稽古をしているらしい。

この太平楽《たいへいらく》めが、と与兵衛は心の中で毒突いた。主が首を吊《つ》って間もないのだ。もそっと神妙になれねえのか。

「待ってたぜ」与兵衛が房之助の前に立ちはだかり、ぐいと首を突き出した。「話を聞かせてもらおうか」

「……嫌だとは、言えないようですね」

「そんなことはねえよ。ただ、そうは言わせないだろうがな」

付き合え。与兵衛は房之助に言うと、さっさと歩き始めてしまった。

本八丁堀の《きん次》に連れて行きたかったが、遠過ぎた。ここは主水河岸の親分の顔に任せることにした。

寛助が先に立ち、今川橋跡へと向かった。

「こちらへ」

主水河岸の奥路地に入ると、仕舞屋《しもたや》の戸を叩いた。

「俺だ。寛助だ。開けてくんねえ」

心張り棒が外れ、老爺《ろうや》が顔を出した。

「二階を使わせてもらえると、ありがてえんだが。御用の筋なんだ」

老爺は並んだ顔触れを見てから、顔を引っ込めた。

「お先に失礼しやす」

寛助は先に入ると、薄明かりの中を進み、こちらです、と言って階段を示した。

二階は障子紙を通して光が差し込み、まだ明るかった。

「茶だけもらいやしょうか」

寛助は呟《つぶや》くと同時に立ち上がり、階下に茶をくれと叫んだ。返事は聞こえて来なかったが、それが老爺の返事の仕方なのだろう。よい癖ではない。しかし、与兵衛が四の五《しのご》の言うことではなかった。

程無くして茶が来た。味も香りもしない出涸《でが》らしだった。まだ白湯《さゆ》の方が増しだと言いたかったが、これまた与兵衛が四の五の言うことではなかった。

身体を固くしている房之助に、お店は落ち着いたか、と訊いた。

「お見えになられた方々に、どうして、と訳を訊かれ、何と答えたものかと閉口いたしました」

「そんなこともあるだろうから、暫くの間はお店を閉めると思っていたのだがな」

「開けようと言いなすったのは、番頭さんかい？」寛助が訊いた。

「いいえ、御内儀様でございます」

作左衛門の遺体が見付かり、八丁堀の同心が納屋を調べている時、奥の座敷で涙も見せずに凛《りん》としていた内儀の姿が瞼《まぶた》に浮かんだ。

「お店の信頼を取り戻すためには、何日も休むべきではないと仰しゃったそうです」

「御内儀と作左衛門の仲は、どうだったんだ？」

「どう、とは？」

「仲がよかったのか、悪かったのか、だ。涙一粒、見せなかったが」

「さあ、どうなのでございましょう？　私どもは、奥の様子はまるで……」

「噂くらいは聞いているだろう」寛助が言った。「隠すとためにならねえぞ」

「隠すだなどと、そんな」

「お前さんだけ話すことが違ったら、お咎《とが》めを受けねえとも限らないんだぜ」寛助が下から掬《すく》い上げるようにして房之助を見た。

「……時には、旦那様を軽く見るようなことを仰しゃいまして、耳にしてしまったこちらが、はらはらいたしました」

「そのような時、作左衛門はどうした?」与兵衛が訊いた。

「何も聞かなかったようなお顔をなさっていました」

「去年の暮れか秋口くらいだが、作左衛門の様子に変ったところはなかったか。塞ぎ込んでいたとか、逆に何かよいことがあったようだとか」

「確かに、その頃でございますが、明るくなられました」

「それと分かる程にか」寛助が訊いた。

「はい、何か別人のようでございました」

「聞かしてくんな」

「小僧が荷を倒し、赤絵の大皿を四枚、割ってしまったのでございます。高価な物ですから、小僧は勿論、私どもも真っ青になったのでございますが、旦那様は『皿は割れるものです。わざとやったのでないことは、日頃の働き振りで分かっています。怪我がなくて幸いでした。片付けてしまいなさい』で、何のお叱《しか》りもなかったのです。それまでにも似たような事故はございましたが、厳しくお叱りになるのが常でしたので、その変りように驚いたことを覚えております」

「それは秋口なのか、暮れなのか、どっちなのだ？」

「煤払《すすはら》いの竹売りの声が聞こえておりましたから暮れでございます」

十二月の十日頃から、竹売りが市中を流し始めるのが常だ。

「その頃だが、どんなに小さなことでも構わない。思い出してくれ。作左衛門がどこかに出掛けて行ったってことはなかったか」

「暮れは何やかやと集まりがございますので、よくお出掛けになられました」

「そんな時は、お供は誰か付くのか」

「お店を回る時には付きますが、寄合などの場合はおひとりでお出掛けになられました」

「見送ったことは？」

「私でございますか。ございますが」

「駕籠で行く時もあるのか」

「はい」

「駕籠屋に行き先をどこだと言っていたか、覚えちゃいねえか」

「橋本町が多かったと思います」

橋本町には、株仲間の世話役をしている《鳴海屋》があった。しかし、鳴海屋善右衛門の口振りからして、作左衛門がしばしば訪ねたとも思えなかった。橋本町を更に行くと、どこに出るのか。浅草御門は直ぐ先だった。

「《加賀屋》は、どこの駕籠屋を使っている？」

三河町にある《かご六》だった。

「ところで俺が、《加賀屋》さんが首を吊る前日、お店に顔を出したことを覚えているな」

「……はい」

「あの時、千頭の駒右衛門の子分の弥吉が、お店に行っていたな」

「……はい」

「何があった？」

「それは……」

「それは？　どうした？」

「私どもには、分かりかねます」

「どういう意味だ」

「すぐに主が、私どもから見えないところに連れ出してしまったので、何があったのかは」

「分からねえってか」

「はい」

「通ると思うか、それで」

「本当でございます。あの男の怒鳴るような声が聞こえて来たのですが、番頭の佐兵衛さんが小僧どもを叱り飛ばして、怒鳴り声をかき消してしまったのです。ですので、何を言っているのか、分かりませんでした」

「それに相違ないな？」

「はい、嘘偽りございません」

「ありがとよ。すっかり足留めさせちまったな」

与兵衛は、房之助に小粒（一分金）をひとつ握らせ、今日のことはお店の者には黙っているようにと言った。

「まだまだお調べは続けなければならねえ。お前さんが話したかどうかなんて、次のに訊けば立ちどころに分かっちまう。調べに差し障るかも知れねえからな、決して言うなよ」

「私は口が堅いので知られております。その御心配は御無用かと存じます」

「そうかい。そいつは心強いな」

房之助が腰を屈めながら帰って行った。

「あんな奴に、勿体ねえでやすよ」

と、寛助が言った。小粒のことを言っているらしい。

「俺もそう思ったが、何かまだ使えそうな気がしたんでな」

「さいでやすか……」

房之助の姿が家並みに消えたところで、与兵衛が拳で掌を打った。

《かご六》では必要ないが、橋本町辺りで作左衛門のことを調べようとすれば、似顔絵が要る。房之助を帰すのではなかったな」

「滝与の旦那、房之助なら行き先は分かっておりやす。あっしにお任せ下さい」

「分かるのか」

「あの手合は、余分なお宝をもらったら、行く先はひとつ。白粉を塗りたくった女のいるところと決まっておりやす。急いで帰って着物を着替えて繰り出そうって寸法でさあ。追っ掛けて、取っ捕まえて、早いとこ似顔絵を仕上げてしまいやすので、ご安心下さい」

「やはり役に立ちそうじゃねえか」

「まったくで」

　頷いてから寛助は、俄《にわか》に早口になった。

「それよりも、似顔絵を描かせた後で、ちょいと昔の馴染のところに寄ってみますんで」

「おう、よろしく頼むぜ。前にも言ったように、《百まなこ》に殺された四人には、俺たちの知らない何かがあるような気がしてならねえんだ。それが何なのか、訊き出してくれ。いや、俺も一緒に話を聞きてえところなんだが」

「滝与の旦那、向こうは黒羽織を見ただけで貝になっちまいやす。ここは」

「そうか……」

「今夜は戻れねえと思いやすので、明日、組屋敷の方へ伺わせていただきやす」

　寛助は、ひょいと頭を下げると跳ねるようにして駆け出した。

　与兵衛は、今出て来たばかりの仕舞屋を振り返った。

　この家は、お前の何なのだ。

　と訊きたかったが、機会を逸してしまった。急いで訊く話でもなかったので、忘れることにした。

　高積見廻りの与力・五十貝と定廻り同心の占部に一日の報告と挨拶を済ませ、与兵衛が組屋敷に帰り着いたのは六ツ半（午後七時）を少し回った刻限だった。

「お帰りなさいませ。御母様が居間でお待ちになっております」

与兵衛は多岐代に刀を渡し、直ぐに居間に向かった。

母の豪が与兵衛を見るなり、今朝は驚きました、と言った。

「そなたが、あのような言い方をされて喜んでおったとは、情けないのを通り越して、あきれました」

「母上、あれは」

与兵衛は、亡くなった里山同心の手伝いをしていた時のことを話した。

「ふたりとも旦那では区別が付かないので、私は滝村の滝と与兵衛の与を……」

「それは、朝、聞きました」

それだけ話して、組屋敷を飛び出したのだった。

「何ゆえ、断らなかったのです」

「それが……」

結構気に入っていたとは、言い出しにくかった。

「そなたには、小さな時より、あのような物言いを好むところがありました」

与兵衛は思わず豪の顔を見た。母と子である。敵《かな》う相手ではなかった。幼い頃よりの性向を、すべて知られている。

「決して……そのようなことは」

与兵衛は、正座した足を居心地《いごこち》悪く動かした。つま先がぴくぴくした。

「二度と許しません。よいですね」

「寛助には、よくよく言ってありますので、二度とないかと」

「分かりました。今度あの者が口にしたら、成敗《せいばい》いたします。そのつもりでおりなさい」

「……承知いたしました」

「では、私は休ませていただきましょう」

豪が立ち上がった。帯が鳴った。癇性《かんしょう》な性格が、きつく締めた帯にも表れていた。衣の擦れ合う音が廊下を遠退《とおの》いていった。

与兵衛がふっと息を吐いていると、多岐代が目に笑みを湛《たた》えて居間に入って来た。

「何だ？」

「今朝は驚きましたが、少し嬉しい心持ちがいたしました」

「……分からぬ」

「私の名でもよかったと思っております。多岐代の旦那でも」

「しかし」

「源太の女房とか、佐助のかかあとか、町屋の者が話しているのを聞いて、ああ、いいものだなあ、とうらやましく思ったことがあったのでございます。それが、ほんの少しだけ叶《かな》いました」

「そうか」

「はい」

「着替えてしまおう」

「はい」

「今日も一日、あちこちと歩いて疲れた」

「明日もでございますか」

「明日もだ」

「寛助さんは明日も」

「来る」

「まあ」何を期待しているのか、多岐代が微笑《ほほえ》んだ。

三

四月十六日。六ツ半（午前七時）。

「おはようございます。寛助でございます」

寛助に、そつは無かった。同じあやまちを繰り返しはしない。

「直ぐ行くぞ」

「へい」

答えた寛助の目に力があった。目の底に光があった。何かを摑んだに違いなかった。

「行って来る」

木戸口の多岐代が見えなくなるのを待って、与兵衛が尋ねた。

「どうだった?」

「岩松でやすが、とんでもねえ野郎でございやした」

引合を抜いたり、大店を強請るなどは、可愛いもんでした、と寛助が言った。

「これぞと目を付けた娘の親を、盗っ人に仕立て上げて牢に送り、残された娘や、ひどい時には女房まで岡場所に叩き売ったりしていたそうでございやす」

「そのことを」と与兵衛が言った。「《百まなこ》は知っていたのだろうか」

「いの一番に殺すくらいですから、恐らくは」

「だろうな……」

「ですが、あっしが里山の旦那の下に付いていた頃には、噂にも耳にしたことはございやせんでした。こう言ってては何ですが、もし知っていたとなると、《百まなこ》って奴は大した目と耳を持っているということになりやすね」

「残りの二件も調べてくれ。何か出て来るかも知れねえ」

「承知いたしやした」

聞き出すには軍資金が要るだろう、と与兵衛が懐から紙包みを取り出し、渡した。二両入っている。

「金は惜しむなよ」

「ありがとうございやす」

寛助が、包みを額に押し当てるようにしてから袂《たもと》にしまった。

「似顔絵でございやすが、いいのが出来上がりやした」

寛助が首を括った作左衛門の似顔絵を広げた。年の具合や肉付きなど、克明《こくめい》に描かれてあった。

「ええ腕のいい絵師だな」

寛助が、昔から懇意《こんい》にしている絵師だと言って名を挙げた。与兵衛には聞いたこともない名であった。

「弥吉でございやすが、目立った動きはないという話でございやす。何かあったら知らせが来ることになっておりやす」

「米造に新七の方は、まだ金は足りているかな」

「見張っているだけでございやす。まだまだ御心配には及びません」

寛助は歩きながら頭を下げた。

朝五ツ（午前八時）を回ったところで奉行所を出、三河町の駕籠屋《かご六》を訪ねた。

《かご六》は通りの角地にあり、腰高障子に大きくその名が記されていた。まだ客が立て込む頃合ではないのか、空き駕籠が並んでいるだけで、駕籠舁《か》きの姿はない。客が来るまで賽子博打《さいころばくち》をしているのだ。奥から賑やかな声と丼の中を転がる賽子の音がする。

「御免よ」寛助が土間に足を踏み入れ、威勢よく呼び掛けた。

「へい。らっしゃいやし」飛び出して来た若い駕籠舁きが、寛助と与兵衛を見て、引っ込んだ。声と賽子の音が止んだ。

「手前どもに何か」大柄で太った男が現れ、窮屈《きゅうくつ》そうに膝を揃えた。「申し遅れましたが、私が主の六助《ろくすけ》でございます」

「賑やかそうで結構だな」寛助が奥を見るような振りをして言った。

「音ばっかりで、何も賭けちゃおりやせんでございます」

「そっちはいいんだ。ちいっとな、訊きたいことがあってな、寄せてもらったんだ」

「何でございましょう?」

「《加賀屋》だが、お前さんのところが受けているんだってな?」

「へい。贔屓《ひいき》にしていただいております」

正座が苦しいのか、むっちりとした股が着物の下で震えている。

「楽にしてくんな。お前さんのところに落ち度があるって話じゃねえんだからよ」

「では」六助が直ぐに膝を崩した。足首にも肉が付き、たぷたぷとしている。

「《加賀屋》の主・作左衛門を乗せたのがいたら、済まねえが、呼んでくれねえか」

「孫八《まごはち》に権太《ごんた》」

六助が大声を張り上げた。振り向こうという気持ちはあるのだろうが、首筋に付いた肉が邪魔をして、上手く身体が動かないらしい。殆《ほとん》ど前を向いたままだった。

聞こえているのかと奥を探ると、それらしい男がふたり、不安げな顔をして内暖簾の下から現れた。

「孫八に権太か」寛助が訊いた。

「へい」ふたりが頷いた。

「乗せた客のことで訊きてえことがあるんだ。《加賀屋》のことだ。こちらの旦那に嘘を吐《つ》かずにお答えするんだぜ」

言い終え、身を引いた寛助と入れ替り、与兵衛が前に出た。

「楽にしてくれ。俺は南町の滝村与兵衛だ。いい話を聞かせてくれたら、小さな事件《こと》にゃ目を瞑《つむ》ってやるからな。何かあったら、訪ねて来い。話ってのは《加賀屋》の主・作左衛門のことだが、知っているな？」

「よっく、存じておりやす」孫八が言った。

「そうかい。気前はいい方かい？」

孫八が頷きながら権太を見た。

「あの御方は養子でやして、苦労人でやすからね。あっしらにも気を遣ってくれて、近間でも過分な酒代を下さいやした」

「らしいな。評判のいい男だ。いつも作左衛門の時は、お前さんたちなのかい？」

「いつもって訳ではねえんですが、あっしらの時が多いかと存じやす」孫八が言った。

「雨が降っていた時に、軒下に着けたところ、えらく気に入ってくれやして。あっしらがいる時は、必ず担がせてもらってやした」権太が言った。

「その作左衛門だが、橋本町に行くことが多かったようだな」

「へい。殆どが橋本町でございやした」

孫八と権太が顔を見合わせ、岩井《いわい》町と橋本町の境辺りだと答えた。

「橋本町には《鳴海屋》という瀬戸物問屋があるんだが、そこじゃねえんだな」

「《鳴海屋》までのこともございやしたが、殆どは」

「町境辺りだったんだな」

「へい」

「そこからどこかに行ったとは考えられねえか。下りた客がどっちに行くか、見てねえなんてことはねえだろう」与兵衛が身を乗り出した。「あんないい旦那に首を括らせた奴が、のうのうと生きているんだ。取っ捕まえたいと思ったら、思い出してくれ」

「実は」孫八が、口を開いた。「二度ばかし、見たんでございやす」

「何をだ？」

「《加賀屋》の旦那が辻駕籠を拾って乗るところをでございやす」

「乗り継いだって訳だな」

孫八と権太が揃って頷いた。

「で、どっちに向かったか、覚えているか」

「一度は浅草御門の方で、もう一度は新シ橋の方でございやした」

浅草御門を通り、真っ直ぐ行けば浅草寺、少し東に下れば柳橋に出、新シ橋を渡れば向柳原《むこうやなぎわら》に出る。いずれにしても女っ気には事欠かない。

「拾った駕籠だが、どこの駕籠屋だか分からねえか」与兵衛が訊いた。

「さあ、どこだったか……」権太が答えた。

「身形《みなり》がどうだったか、覚えちゃいねえのか」寛助が責付《せつ》いた。

孫八や権太のように駕籠屋で働いている駕籠舁きならば、屋号を染め抜いた紺染めの半纏《はんてん》に、やはり紺染めの股引きを履《は》いているはずだった。

「確か、きっちりといたしておりやした」権太が孫八に目で訊きながら答えた。

ならば、駕籠屋で働いている駕籠舁きである。駕籠屋に属していなければ、紺染めの半纏は着ていない。

「大助かりだぜ。ありがとよ」

与兵衛らは三河町から橋本町へと移った。橋本町にある駕籠屋は《駕籠源《かごげん》》と《島《しま》田屋《だや》》の二軒だった。まず《駕籠源》に飛び込み、作左衛門の似顔絵を見せて尋ねたが、その時客待ちをしていた駕籠舁きの中には、作左衛門に覚えのある者はいなかった。

《島田屋》に向かった。《島田屋》でも分からない時には、辻待ちしている駕籠舁きに当らねばならない。

《島田屋》は、空駕籠が控えている土間が狭く、抱えている駕籠舁きも少なそうなこぢんまりとした駕籠屋だった。

「御免よ」寛助が店奥に声を掛けた。

「へい」寛助に続いて与兵衛が土間に入る前に、紺染めの半纏がふたり、店奥から出て来た。

「お待たせいたしやした。どちらまで参りやしょう」

「済まねえな。御用の筋だ。《島田屋》はいるかい?・」

半纏の後から、年の頃は二十八、九の中年増《ちゅうどしま》が現れた。小紋の着物に紺染めの半纏を羽織った姿が、きつい面差しによく似合っている。

「御用の筋と伺いましたが、私どもに何か」

「かみさんかい？　御亭主は？」寛助が訊いた。

「私が島田屋亥三郎《いさぶろう》でございますが」

「お前さんが……」寛助が与兵衛を見た。

「済まぬ。男だとばかり思い込んでいた。許せ」与兵衛が言った。

「慣れておりますので」亥三郎が笑いもせずに応えた。「で、何をお調べに？」

「この男が」と言って与兵衛は、懐から作左衛門の似顔絵を取り出した。「橋本町から駕籠に乗ったところまでは分かっているのだが、どこの駕籠を使い、どこまで乗ったかが分からないのだ。身内の衆に乗せた覚えがないか、訊きたいのだが」

「お安い御用でございます。お前ら、見せていただけ」

紺染めの半纏が、似顔絵を覗き込んでいる。ふたりは同時に似顔絵の目の辺りを指差し、あっしらの客ではございやせんが、と言った。

「確かじゃございませんが、鴻巣《こうのす》の兄貴の客に似ておりやすが」

通称、鴻巣の兄貴と呼ばれているのは、江戸から一一里と二八町（約四六キロ）、中山道鴻巣宿に生まれた亀吉《かめきち》という駕籠舁きだった。

「今どこにいる？」亥三郎が訊いた。

「恐らく、辻で客待ちをしているかと」

「旦那をお待たせする訳にゃいかないよ。お前たち、番を替って、帰るように言っとくれ」

ふたりが飛び出して行った。

「相済みません。少々お待ちの程を」亥三郎が頭を下げた。

「頭を上げてくんな。急に来たこっちが悪いんだ」寛助が、気遣いを見せている。

だが、亀吉が戻ってくる気配は一向になかった。

「客を乗せて、どこかに行っちまっているのでございましょう。いかがいたしましょうか」

「待たせてもらってもよいかな？　亀吉の返答如何《いかん》によっては、以後の動きがまるで違ってしまうのだ」

「このようなむさ苦しいところでよろしかったら」

「では、そうさせてもらうぜ」

帳場の脇に茶の用意がされた。与兵衛は座敷に上がり、寛助と朝吉は上がり框《がまち》に腰を下ろして、茶を啜った。

開かれた障子から障子へと抜けてゆく風が心地よかった。

苗売りの声がした。朝顔、夕顔、糸瓜《へちま》、茄子《なすび》、胡瓜《きゅうり》と苗を並べ立てている。

亥三郎は与兵衛に軽く会釈すると、身軽に土間に下りた。下駄を突っ掛け、手庇《てびさし》をして通りを見ている。苗売りが角を曲って姿を現したらしい。声の通りがよくなった。亥三郎が苗売りを呼んだ。

笠を被り、草鞋《わらじ》に脚絆《きゃはん》姿の苗売りが、天秤《てんびん》棒を肩から外し、段に重ねた箱を広げている。

時折、亥三郎の笑い声が聞こえた。

与兵衛は茶を飲みながら、ふと己が今どこで何をしているのか分からなくなるような錯覚《さっかく》を覚えていた。

亥三郎が苗を求め、代金を支払っている。女だてらに代を継ぎ、男名を名乗ってはいるが、町娘と変りがなかった。

苗売りを見送り、亥三郎が戻って来た。

「何を買いなすったんです?」朝吉が訊いた。

「白粉花《おしろいばな》を」

「秋が楽しみでございますね」

「何色の花を買いなさいやした？」寛助が訊いた。

「紅と言っていましたが」

「紅ですかい。やはり、赤が一番ようございやすね」

柄《がら》にもなく苗を見詰めていた寛助の目が、表に飛んだ。与兵衛の目も、朝吉の目も、開け放たれている戸口に向いた。

足音が近付いて来た。拍子を取った走り方は、駕籠舁きのものだった。

「亀吉でございます」首に巻いた手拭を外し、滴《したた》る汗を拭いながら男が言った。「すっ飛んで戻って参りました」

片棒が、孝助《こうすけ》だと名乗って、土間に座り込んだ。

「おう、済まなかったな」寛助が、ふたりに片手拝みをした。

「よしておくんなさい。お役に立ちたくて走ったのは、あっしどもでございます」

「そう言ってくれると嬉しいぜ。ねえ、旦那」寛助が、下がりながら鼻の下を擦《こす》った。

「早速だが、お前さんたちに見てもらいたい似顔絵があるんだ」

与兵衛はふたりの前に作左衛門の似顔絵を広げた。

「辻の辺りから駕籠に乗ったはずなのだが、覚えはねえかい？」

ふたりは凝《じ》っと見ていたが、亀吉が先に頷いた。

「確かにあっしどもが乗せた客に相違ございません」

「どこまで乗ったか、分かるか」

「へい」

浅草御門を見ながら郡代屋敷をぐるりと回ることもあれば、細川長門守様の御屋敷の東隅で下りることもございましたが、いずれにせよ、下りて向かったところは、ただひとつ、と亀吉が言った。

「豊島町《としま》でございます」

豊島町には、尼の姿をして春をひさぐ、比丘尼《びくに》で知られる怪しげな女たちが出没する場所があった。

「間違いねえな」

「たんまりと酒手を弾んで下さる気前のいいお客となれば、行き先を覚えておいて、帰る時分を狙って、迎えの駕籠と洒落込《しゃれこ》むんでございますよ」

「孝助と申したな?」与兵衛が、片棒に言った。孝助が慌てて、居住まいを正した。

「この客だが、向かった先は、男か女か、商い仲間か、医者か常磐津《ときわづ》の師匠か、何だと思う?」

「そりゃあ、あれは女でさあ」孝助が即座に答えた。

「女か。亀吉はどうだ?」

「あの旦那は、身形《みなり》からすると、お店の、それも大店の主ってところでしょう。そのお人が、浮き浮きしているのです。女以外は考えられません。あっしも女だと思います」

「分かった」与兵衛が言った。「分かった序でに、ここから、似顔絵の客が駕籠を下りたところまで乗せて行ってくれねえか」

「担ぐのが、こちとらの商売でございます。喜んでお乗せいたしましょう」

亀吉と孝助が先棒と後棒に分かれ、簾《すだれ》を上げた。

「亥三郎、世話になったな。改めて礼に寄せてもらうぜ」

与兵衛は駕籠に乗り込むと、駕籠を出すよう先棒の亀吉に言った。寛助と朝吉が続いた。

駕籠は直ぐに作左衛門が下りたところに着いた。わざわざ駕籠を乗り換える距離ではなかった。《かご六》の者には、下りる場所を知られたくなかったのだろう。

「どっちに歩いて行った?」

「この通りを、向こうに行かれました」

亀吉が東北《うしとら》の方角を指さした。

与兵衛はふたりに過分の金子を与えて、亀吉が指さした方へと歩き出した。

角をふたつ曲り、路地を抜けると、私娼がたむろする一角に出た。先にあるのは比丘尼横町であった。与兵衛は足を止めると、寛助に訊いた。

「この辺りを仕切っているのは、誰だ?」

「神田堀の北から神田川の南一帯と言うと……」

寛助が与兵衛を見たまま、唾を飲み込んだ。

「そうだ。千頭だ」与兵衛が言った。

「滝与の旦那、何やら見えて来たじゃねえですか」

「らしいな」

四

四月十七日。

この日は東照神君《とうしょうしんくん》の御命日なので、奉行所は大忙しであった。明け六ツ（午前六時）には、僧侶による読経《どきよう》が始まり、奉行所内に設けられた仮の仏壇の前で与力、同心、そして中間に至るまですべての者が手を合わせた。

それが済むと、紅葉山東叡山《もみじやまとうえいざん》御宮に参詣《さんけい》する諸侯のために警備などに駆り出されるのである。

高積見廻りの与力・五十貝と同僚の塚越が市中に出てしまったので、ひとり役を逃れた与兵衛は、五十貝に命じられている箇所を見回ってから、千頭の手下の弥吉を見張っている米造と新七の様子を見に行くことにした。

ふたりが見張りに付いてから、弥吉は目立った動きをしていない。そろそろ悪い虫が動き始めてもいい頃だった。

取り敢えず与兵衛は、朝吉を供に、一石橋の南詰、西河岸町《にしがしちよう》の榑木河岸《くれきがし》に赴いた。この辺りには、榑木、すなわち山出しの板材を商う榑木屋《くれきや》が多く、防火の重要拠点のひとつとなっていた。

三日前に榑木を縛っていた藁縄《わらなわ》が切れ、堀に落ち、魚河岸辺りまで流れたことで、魚問屋と榑木問屋の間でいざこざが起きていたのである。

この騒動を半刻（一時間）程で収め、与兵衛は八辻ケ原《やつじがはら》の南にある雉子町《きじ》へと回った。雉子町には、千頭の駒右衛門の料亭《三名戸屋》があった。

米造と新七が見張り所にしたのは、《三名戸屋》の裏木戸に近い貸本屋《草紙堂《そうしどう》》の二階だった。駒右衛門は、表の顔と裏の顔をきっちりと区別させており、弥吉のように裏の稼業に与《くみ》する者には表からの出入りを許さなかった。ために、裏木戸さえ見張っていれば事は足りた。

与兵衛と朝吉は路地を抜け、《草紙堂》の背後に回り、勝手口からお店へと身を滑り込ませた。本来なら変装して入るべきなのだろうが、与兵衛は面倒な手間は省くことにした。

爪を噛《か》みながら黄表紙《きびょうし》を読み耽《ふけ》っていた年若い女が、与兵衛らを見て、立ち上がった。お店の番をしている娘だった。

頬が赤い。艶本《えんぽん》の類《たぐい》でも読んでいたのだろう。この女の名が花《はな》であることも、年若にもかかわらず口が堅いことも、寛助から聞いていた。

与兵衛は名乗ると、階上を指さし、いるか、と花に問うた。

花は黄表紙を背に隠しながら、声には出さず、目で答えた。

「ありがとよ。土産《みやげ》だ。後で皆で食べてくれ」

朝吉が手に提《さ》げていた包みの片方を、花に渡した。もうひとつは二階の分だった。

与兵衛と朝吉は、そっと階段を上った。

細く開けられた障子の隙間から、米造が《三名戸屋》の裏木戸を見張っていた。

新七は座敷の隅で半分に折った敷布団に包《くる》まり、柏餅《かしわもち》のような格好で寝ている。

与兵衛に気付いた米造が、新七を起そうとした。与兵衛は手で制すと、朝吉に茶を淹れるように言った。

「小腹が減っているだろう。稲荷鮨《いなりずし》を買って来た。俺が見張っているから食ってくれ」

「申し訳ございやせん」

「それを言うのはこっちだ。先に言うな」

朝吉は茶を淹れ終ると、包みを解き、広げた。稲荷鮨が山と盛られている。

「ここのは、中が菜飯でな、なかなかいけるのだ」

与兵衛が米造と場所を入れ替りながら言った。

「乞食橋《こじきばし》北詰の《枡屋《ますや》》でございますね」

「よく知ってるな」

「好物なのでございます」

「そいつはよかった。食ってくれ」

「では、遠慮なく」

米造は親指と人差し指でそっと稲荷鮨を摘むと、ひょいと口に放り込み、指先を嘗め、

「美味いっすねえ」

唸ってから、また指を伸ばしている。

与兵衛は障子の隙間に顔を寄せ、裏木戸を見下ろした。

新七が不意に大きな鼾《いびき》を掻いた。

階下で、積み上げられた冊子の崩れる音がした。

キャッと花が小さく叫ぶのが聞こえた。

長い午後になりそうだった。


一刻（二時間）が経った。

目立った動きは何もない。

与兵衛は、一旦奉行所に戻ってから、夕餉を携えて、また見張り所に来ることにした。米造と新七に後を頼み、朝吉とともに見張り所を出た。

朝吉にも遅い昼餉を食わせねばならなかった。

「この辺りで何か美味いものを知らないか」訊いてみた。

「左様でございますね」朝吉は四囲を見回していたが、やがて思い付いたのか、ございます、と言った。「浅蜊飯《あさりめし》ですが、よろしいですか」

「どんなのだ？」

「浅蜊をよく洗いまして」

食い物のことになると、朝吉の話は長い。しまったと思ったが、聞くしかなかった。途中で遮《さえぎ》られたのでは、心持ちがよくないだろう。

「それを出汁《だし》で煮、貝の口が開いたら丼に盛った飯の上に取り出します。貝の旨《うま》みが出た汁には青菜を入れ、ぐらぐらっときたら、溶《と》き卵を回し掛けます。が、ここでのんびりしてちゃいけない。とろっとしたら、すかさず丼にのせ、そのまま掻っ込む。これが、絶品なんでございますよ」

「行こう。案内してくれ」

「こちらでございます」朝吉の歩く速度が上がった。

佐柄木《さえき》町、多町と抜け、連雀《れんじやく》町に入ったところで朝吉が、あれですと指さした。

腰高障子に、《酒肴　おたま》と書かれていた。

「いろんなところを知っているもんだな」

「中間部屋では、あそこが美味いとか、そんな話ばかりなもので」

「女将とか茶汲《ちゃく》み女の品定めはどうした？」

「そいつも、しておりますが」

「結構なこった。後で詳しく聞かせてくれ」

通りを横切ろうとひとの流れを見遣った時、その男の動きが目に入った。身体の動かし方が、ひとりだけ微妙に違っていた。

男は、五間（約九・一メートル）程先を行く男に狙いを定めているらしく、間合を徐々に詰めていた。

「旦那……」朝吉が、与兵衛の様子に戸惑っている。

「掏摸《すり》だ。お前は動くな」

「へい……」朝吉が、与兵衛の目を追った。掏摸を探している。

通りに足を踏み出した与兵衛は、歩く速度を上げた。掏摸が、逃げに移る前に間合に入らなければならない。しかし、更に二歩進んだところで、与兵衛は足を止めた。

違う方角から、己よりも先に、掏摸に近付いて行く者がいたのだ。羽織に袴を着けた男が、通りを滑るように掏摸に近付いている。

「五十貝さん……」

いつも見せている柔和な顔ではなかった。鋭く掏摸を見据え、微塵《みじん》の油断も揺るぎもない。狩人の動きであった。

不意に掏摸が駆け出し、男の肩口にぶつかった。御免よ。振り向きながら相手に言ったところで、駆け付けて来る五十貝に気が付いた。

掏摸の身体が地を蹴り、跳ねた。速い。五十貝との間合が空いた。

「そうは行くか」

飛び出して来た男が、掏摸の行く手を遮った。手にした十手を前に付き出しているのは、五十貝が手札を与えている岡っ引だった。先回りをさせていたのだろう。逃げられぬ。与兵衛が思った時、岡っ引が仰向けに吹っ飛ばされた。体術の心得があるのか、掏摸は身軽な動きで攻撃を躱《かわ》すと、腕を突き出すようにして岡っ引の胸倉を突いた。

与兵衛は背帯に差していた十手を引き抜きながら駆け出した。五十貝は、腕に覚えがない、と言っていた。

掏摸が真後ろに来た五十貝に向けて腕を伸ばしている。行くな。間合を保て。口の中で与兵衛は叫んだ。

五十貝が羽織を素早く脱いだ。掏摸との間合が詰まった。

羽織が跳んだ。

ふわりと広がったそれは、掏摸の視界を塞いだ。次の瞬間、五十貝は羽織の陰から掏摸の右肩口に、電光石火の十手突きを入れた。

すべては、一瞬だった。投げ付けられた羽織に包《くる》まって、掏摸が地に這《は》ったようにしか見えなかった。

生半《なまなか》な腕ではなかった。鍛錬を重ねなければ習得し得ない技だった。

(あれ程の腕を持ちながら、何ゆえ、腕に覚えがないなどと言ったのか)

腕を隠して何の得があるのかと考え、ひとつの疑念に行き着いた。

「まさか……」

声に出して呟いた与兵衛は、その場に立ち尽くしたまま、掏摸を自身番へと引き立てて行く五十貝らを見送った。

「旦那、行かなくてよろしいんで」

朝吉が訊いた。直属の上役が目の前で手柄を立てたにもかかわらず、挨拶をしようともしない与兵衛を訝《いぶか》しんでいる。

「よいのだ」

「……へえ」

「済まぬが」

与兵衛は朝吉に小粒を握らせ、ひとりで飯を食い、奉行所に戻っているようにと言った。

「旦那は？」

「寄るところを思い出した」

「では、遠慮なく」

小粒を押しいただいて、いそいそと《おたま》に向かう朝吉に背を向け、与兵衛は歩き始めた。

(占部さんは、《百まなこ》は同心か与力ではないか、と言っていた)

あれは、五十貝さんのことだったのか。だが与兵衛には、五十貝が闇に紛れて殺しを続ける者だとは、どうしても思えなかった。

(獲物を一突きで殺すだけの心得がある者だ、とも言っていた)

それだけの技が、五十貝にはあった。しかも、そのことを隠していた。

(どうして、隠していたのか)

薬種問屋の前を通り、京糸物問屋、白粉問屋、袋物問屋、紙問屋を過ぎ、菓子の立売の脇を抜け、願人坊主《がんにんぼうず》を追い越した。

(占部さんは、五十貝さんの腕が立つことを知っていたのか)

竹売りが、菜売りが、そして古着売りが立ち止まり挨拶をして来るのを無視して、自身番で通りを折れた。更に歩いた。闇雲に歩いた。

（占部さんに訊くか）

いや、《百まなこ》探索と関わりのない者に訊くべきだ。

同心や与力の腕前を熟知しているのは、誰だ？　古参の者で、嗅覚が鋭く、口が堅い者。誰か、いないか。……瀬島さんはどうだ？　最古参の定廻り・瀬島亀市郎。酸《す》いも甘いも嚙み分けている。

（何か知っているかも知れない）

瀬島は市中の見回りに出ていた。瀬島の巡回路は、下谷《したや》と浅草一帯であった。

そろそろ見回りを終え、奉行所に戻って来る頃合だった。

与兵衛は、浅草御門を見渡せる馬喰《ばくろ》町四丁目の自身番で待ち受けることにした。

四丁目の自身番に急いだ。

自身番に着くなり、瀬島が通ったか否かを訊いた。

「まだでございます」

「よし、ここで待たせてもらうぞ」

四半刻（三十分）も経たずに、瀬島が岡っ引と中間を引き連れて、御門を通り抜けて来た。

目敏《めざと》く与兵衛を見付けた岡っ引が、瀬島に告げている。

与兵衛は、焦《あせ》った風に見えないよう、ゆるりと立ち上がって出迎え、

「お戻りなら」と言った。「御一緒いたしてもよろしゅうございましょうか」

「高積と歩くのは、長い町方暮らしで初めてだ。どうしたい？」

目が鋭く光った。

「取り立てて、訳はないのですが」

五十貝が掏摸を捕縛した時の様子を話した。

「あまりの見事さに、茫然《ぼうぜん》としてしまいました」

「そうか、お前さんも見たかい？」瀬島が愉快そうに笑った。「あれは、息を呑むよな」

「はい……」ご存じなのですか、と拍子抜けしながら言った。

「内緒だが、あれでやっとうの方はからきしなのだ。いや、からきしだった、と言うべきかな」

「実《まこと》ですか」

剣が振るえずに、あのような動きが取れるものなのか。一先《ひとま》ず思いを隠し、耳を傾

けた。

「与力の旦那に剣は必要ないが、からきしというのも何だからな、それで本人も期するところがあったんだろうな。同心に頭を下げ、捕縛《ほばく》術を学んだのだ」

三十数年前だった、と瀬島が言った。当時、捕縛術に長《た》けた同心がおり、幾つかの技を編み出していた。

「椿山常太郎《じょうたろう》。例繰方の椿山の義父だ」

椿山の家は娘ひとりだったので、十六の時に養子に入ったのが、芳太郎だ。別のが養子に決まっていたんだが、病死してな。芳太郎にお鉢が回って来たって寸法だ。それで十六になっちまったんだ。

「では、芳太郎にも技は伝わっているのですか」

「いや、芳太郎が養子に入った時には、椿山さんはもう床から起き上がれなくなっていたから、それはないだろうよ。それにな、芳太郎の実家は代々内役なので、定廻りのような外役は養子に入る前から遠慮していたという話だからな」

「五十貝さんですが、剣が駄目なのに、捕縛術だけを会得《えとく》出来たのですか」

「それはな、捕縛術を身に付けるのと同時に、剣の腕も上がったであろうが、元はからきしだったということだ。剣の方は、組屋敷の稽古場にも来られぬからな、どれ程のものかは分からぬな」

そんなところだ。瀬島は、ついでだから教えてやろう、と言った。

「あの技の名だ」

「是非」

「《花陰《はなかげ》》と言う」

花の手入れをしていた時、不意に花弁の陰から蜂が出て来たそうだ。その時に思い付かれた、と聞いた覚えがある。

「《花陰》、ですか……」

「なあ、高積。ひとは見たことと、見えたことから、そのひとを判断するが、陰で何をしたかを知らなければ、そのひとは語れないということだ。お前さんが何を言いたかったのか、何を知りたかったのか、そんなこたア知らねえが、心に刻んでおけ。今日、お前さんに出会ったことは、俺の口からは誰にも言わねえからよ」

瀬島は片手を上げ、ではな、と言い残すと、岡っ引を従えてずんずんと歩み去ってしまった。

与兵衛は瀬島の後ろ姿に深く頭を下げてから、ゆるりと奉行所に向かい、江戸橋を渡るところで、見張り所に夕餉を届ける約束をしていたことを思い出した。

「しまった」

魚河岸を走り抜け、北鞘町《きたさやちょう》の料亭に飛び込み、弁当を拵《こしら》えてもらい、見張り所へと駆けた。

見張り所には米造も新七もおらず、置き手紙だけが残されていた。

キジ町バンヤ　米。

弥吉に動きがあった時には、即座に後を尾け、途中の自身番から雉子町の自身番にひとを走らせるという取り決めがしてあった。

寛助が来るかも知れない。与兵衛は、紙片とともに弁当を置くと刀を手に階段を駆け下りた。黄表紙を読んでいた花が、ぼんやりと口を開けて見ている。

「上のふたりは、いつ頃出掛けた？」

「半刻（一時間）くらい前かと」

「分かった。ありがとよ」

「へえ」また口を開けて、与兵衛が雪駄を突っ掛ける様を見ている。

「蠅《はえ》が入るぞ。閉じろ」

花が口をつぐんだ時には、与兵衛の姿は見えなくなっていた。

五

雉子町の自身番が見えた。町名を記した腰高障子が開いており、中の様子が見えた。家主《いえぬし》に雇われた大家と店番《たなばん》が、何やら楽しそうに話している。

まだ知らせが入っていないと知れたが、与兵衛は飛び込むと大声で尋ねた。

「高積見廻りの滝村だ。俺への言付けはなかったか」

「いいえ、何も」大家が口を尖《とが》らせて言った。

「そうかい。暫く、ここで待たせてもらうぜ」

式台に座った与兵衛に、大家が上がって待つように、と茶の用意をしながら言った。

「また直ぐ出るからここでいい。気にしてくれるな」

「承知いたしました」

店番が茶筒の茶葉を床に散蒔《ばらま》いた。大家が、小さな悲鳴を上げている。

通りの右と左から走って来る者がいた。左は寛助で、右は知らない男だった。身形《みなり》からするとお店者《たなもの》であった。

（来たな）

丁度いい塩梅《あんばい》だった。

「滝村様でございますか」

「そうだ」

男が須田《すだ》町の自身番の店番だと名乗った。

「分かった。連れて行け」

寛助を従え、須田町へと駆けた。

須田町の自身番に着くと、小柳《こやなぎ》町の自身番の店番が待っていた。

須田町の店番に礼を言い、小柳町の店番の後に付いた。小柳町の自身番では、柳原岩井町の店番が、涼しい顔をして茶を啜っていた。

「済まねえ。くれ」

店番の手から湯飲みを取り、一気に飲み干した。寛助も茶をもらっている。

「飲んだら行くぜ」

「飲みやした」

柳原岩井町の自身番に行くと、新七がいた。

「弥吉が、曰《いわ》くのありそうな家に入りやした。米造の兄貴が見張っておりやす」

「よくやった。案内してくれ」

豊島町か。与兵衛が訊いた。へい、《加賀屋》の作左衛門が向かった先ではないかと思われやす。そんなところだろうぜ。

新七の歩みが変った。近付いているのだろう。

「あそこで」

新七が行く手の用水桶の陰を指さし、身を引いた。米造の背が見えた。そっと寄った。振り向いた米造の顔が緩やかに解けた。

「お待ちしておりやした」

「遅くなって済まなかったな」

「とんでもねえことでございやす」

「どの家だ?」

「あの家でございやす」

小体《こてい》な作りながら、瀟洒《しょうしゃ》な佇《たたず》まいの一軒家だった。見事な枝振りの老梅《ろうばい》が見えた。

「上がり込んで、そろそろ四半刻（三十分）になりましょうか」

「この辺りだと、簡単に見張り所を決めるって訳には行かねえな」

どの家が信用出来るか、見当が付かなかった。

「仕切っている岡っ引は誰だ？」

「柳原の為三《ためぞう》、です」

通称ごみ為と呼ばれている裏のある男だった。

「あいつじゃあ、迂闊《うかつ》なことは言えねえか」

与兵衛の顔に落胆の色が走った。

「旦那」と米造が言った。「あっしどもにお任せ下さい」

寛助が頷いた。

「御遠慮は御無用に願いやす。これがあっしどもの務めでございやすから」

「分かった。任せよう」

「へい」寛助が答えた。

それから半刻程して弥吉が件《くだん》の家から出て来た。

「いかがいたしやしょう？」米造が、家を振り返ってから与兵衛に訊いた。「あっしとしては、住んでいる奴の面を見ておきたいのでございやすが」

「出て来るかどうか、分からねえぞ」

「一刻（二時間）待って出て来なければ、諦めやす」

「そうしてくれ。俺たちは弥吉を尾《つ》けてみる」

「心得やした。ここはあっしひとりで十分ですので、新公は連れて行っておくんなさい」

「分かった。明日からも、この要領で頼むぜ」

「承知いたしやした」

弥吉は、どこにも寄らずに《三名戸屋》に戻って行った。

与兵衛は、見張り所で寛助らと別れ、奉行所に一旦立ち寄った。音沙汰《おとさた》なしで組屋敷に帰る訳には行かない。しかし、高積見廻りの詰所には誰もいなかった。無理もない。既に六ツ半（午後七時）を回っている。日録を書き、ぽつんと中間部屋で待っていた朝吉を供に、家路に就いた。


豪に帰宅の挨拶をし、食膳に向かった。

鮪《まぐろ》のヅケと豆腐の味噌汁に青菜の漬物が並んでいた。

滝村の家では、鮪は下下《げげ》の肴だとして食べる習慣がなかった。食べるようになったのは、多岐代が台所を任されるようになってからだった。

――何です、これは。下げなさい。

豪が鮪を見た時の第一声だった。

——これだから、榎本の家は嫌いなのです。

その日は、食事も摂らずに床に就いてしまった。

だが、与兵衛は外で奉行所の者と葱鮪《ねぎま》鍋を食べていた所為《せい》か、鮪のヅケが気に入った。

鮪の赤身を醬油と味醂《みりん》に漬け、鼈甲《べっこう》色になったところで飯とともに食べる。

——美味いものですよ。お試し下さい。

と豪にも勧めるのだが、頑として食べようとはしない。

「母上は？」

「白身魚を煮付けました。お好きですので」

「ならば喜ばれたであろう」

「だとよろしいのですが」

「いつかは分かって下さる。もう少しの辛抱だ」

「はい」

北町の同心だった榎本の父と与兵衛の父は、年来の碁敵《ごがたき》で、嫁取りの話はとんとん拍子に進んだ。許嫁《いいなずけ》となったのは、長女の多磨代《たまよ》であった。その多磨代を、母の豪はとても気に入っていた。冬場には綿の入った肩当てを贈り合ったりして、和やかな日を過ごしていた。それが一変したのは、秋に祝言を控えた春先のことだった。突然多磨代から破談の申し入れがあったのだ。

多磨代の両親が問い質《ただ》したところ、好いた男がいることが分かった。相手は幼馴染で、御家人の三男であった。思い切ろうと努めたが、どうしても思い切れなかったらしい。

揉め事は夏近くまで続いた。与兵衛の父が両家にとって不面目なことゆえ、もともと話はなかったことにしようと持ち掛けた時には、嫁取りの件は周囲の同心屋敷に知れ渡っていた。

——このようなことは、言えた義理ではないが。

多磨代の父が申し出たのは、姉の代りに妹の多岐代をもらってくれという話だった。妹をもらってくれねば、二度と世間に顔向け出来ぬという多岐代の父の苦衷《くちゆう》を察し、その年の冬に祝言を挙げた。後で、多岐代が申し出たことだと与兵衛は知った。二年後に与一郎が生まれた。榎本の父は、孫の誕生を見てから没した。

多磨代が多岐代に代ることについて、与兵衛に不満がない訳ではなかったが、どうしても多磨代でなければならぬという思いもなかった。二、三度短い言葉を交わしただけであり、このひとが妻となるのかと他人事のように見ていただけだったのだ。

多磨代に一番強い思い入れがあったのは豪だった。その分、多磨代に裏切られたという思いが強いのだろう。多岐代をよく思わないのも、多岐代の背に多磨代を見ているからかも知れない。

「与一郎は、どうした?」

いつもなら姿を見せるはずなのに、いる気配すらないことに気が付いた。

「もう休んでおります」

「どうした? 具合でも悪いのか」

「お忘れになられましたか。朝稽古が始まるのでございます」

今月は十八日から朝稽古があると、数日前に言われていたのを思い出した。明け六ツ(午前六時)に道場に行き、みっちりと稽古を積むのである。

「張り切っているのか」

「負けたくない相手がいるようでございます」

「久し振りに、覗いてみるかな」

「そうなさいませ。一層張り切ると存じます」

「うむ」

与兵衛は、ヅケを頰張ると、残りの飯を搔き込み、お代りを求めた。

「まるで育ち盛りのようでございますね」

「美味いのだ」

「はい」

多岐代が盆を差し出した。

第四章　白鷺《しらさぎ》屋敷

一

四月十八日。

与兵衛が起きた時には、既に与一郎は道場に出掛けていた。寝床の中で多岐代と与一郎の話し声を聞き、声を掛けてやろうと思ったのだが、このところの探索で疲れが溜まっていたのだろう、再び寝入ってしまったのだった。

それでも明け六ツ（午前六時）過ぎには自然と目が覚めた。洗顔と歯磨きの後、豆腐の味噌汁と沢庵《たくあん》で朝餉を済ませ、髪結いに髷《まげ》を整えさせ、月代《さかやき》や髭《ひげ》をあたらせていると、寛助が迎えに現れた。

「米造の奴、面ァ拝みやしたぜ。女でした」

名は福《ふく》と言いやして、ちょいと下膨《しもぶく》れで、頗《すこぶ》る付きの別嬪《べっぴん》だって話でございやす、と寛助が組屋敷を後にした途端、得意げに言い立てた。

「やはり女か。惜しいことをしたな。俺たちも拝みたかったな」

「まあ、そんなとこで」

「どうした、拝みたくはないのか」

「あっしは、もう枯《か》れておりやすので」

後ろで朝吉がぷっと吹いた。

「それで枯れているのなら、枯れ木に花が咲こうってもんだろうよ」与兵衛が言った。

「ひでえな、年寄をからかうもんじゃござんせんぜ」

寛助は、この日も奉行所に入ろうとはせず、大門前の腰掛茶屋で与兵衛を待った。

——気楽が一番でさあ。

五十貝の様子に変ったところはなかった。捕物を見られたことには気付いていないらしい。困ったのは、塚越だった。昨夜から腹の具合が悪いのだと言う。傍目《はため》にも河岸回りをするのは困難に見えた。

「今日は俺に任せろ。いつもやってもらっているのだ。たまには俺にさせてくれ」

年番方と定廻りのお声掛かりとは言え、務めの多くから外れ、負担を掛けているのは間違いなかった。ここは、役目を引き受けるしかなかった。

「どことどこを回ればいいんだ?」

朝五ツ(午前八時)を過ぎた頃、大門を出た。寛助には訳を話して《三名戸屋》の見張り所に行ってもらうことにした。与兵衛は朝吉ひとりを供に、あちこちの河岸を見回った。一日中、殆ど歩き詰めで終ってしまった。


四月十九日。

一日の休養ですっかり快復した塚越が、粥腹《かゆばら》で力が入らぬとぼやきながら見回りに出掛けた。

与兵衛は、雉子町の見張り所に寄った後、与一郎が通う新和泉町の谷口道場を覗くことにした。

弥吉が動いたら道場どころではなくなってしまう。動きのないうちに、様子を見ておこうと思ったのだ。主水河岸まで付いて来た寛助が、折角だからと新和泉町まで足を伸ばすと言う。

「あっしどもは、やっとうの呼吸を知るために、よく格子窓から覗くんでございますよ」

「大した稽古ではないぞ」

「だからでございやす。あっしどもは縄を打つことは鍛錬しやす。ですが、段平《だんびら》の避《よ》け方なんぞは手前の勘だけです。基本の動きは見ておいて損はねえんでございやすよ」

「ええもんだな」

「と、あっしは駆け出しの頃、親分に言われたんでございやすよ。それで、町道場はよく覗かせていただきやした」

「役に立ったのか」

「この年まで生きておりやすから」

「役に立ったのだな」

「と言いてえところですが、粗方《あらかた》は、町屋の者相手でしたので」

「いや、役に立っているはずだ。真剣に見たものは、血肉《ちにく》となるものだ」

堀留町入堀を右手に見ながら新材木町《しんざいもく》を南に下り、楽屋新道《がくやしんみち》を東に抜けると新和泉町だった。

新和泉町は往来を挟んで北側と南側に分かれる。南側は幅三尺（約九一センチ）の道で更に北と南に分かれており、その南の南にあるのが、歌舞伎『与話情浮名横櫛《よわなさけうきなのよこぐし》』で有名な玄冶店《げんやだな》の名の由来となった、幕府お抱えの医師・岡本玄冶《おかもとげんや》の拝領屋敷だった。

谷口道場は新和泉町の北側にあった。この辺り一帯は、明暦《めいれき》の大火（一六五七）の後、吉原が浅草田圃《たんぼ》に移った後に出来た町なので、町全体が新しくこざっぱりとしていた。

谷口道場に近付くと、竹刀を打ち合う音と、大人の声に交じって子供たちの元気のよい掛け声が響いて来た。

門前は塵《ちり》ひとつなく掃《は》き清められ、水が打たれていた。稽古の前の掃除と終いの掃除。掃除に始まり、掃除に終るという在り方に、谷口道場の姿勢が表れていた。

玄関で案内を乞うた。高弟のひとり、沼田一馬《ぬまたかずま》の先導で道場に入った。

足裏が板床の揺れを吸い取る。気持ちがよかった。入り口の片隅に腰を下ろした。

寛助は遠慮して道場には入らず、廊下に座って見ている。

沼田に教えられ、谷口得二郎が与兵衛に気付いた。目礼を交わした。

谷口の向こうから、同じように挨拶を送る者がいた。中津川悌二郎だった。

その時になって、与一郎から中津川の話を聞いたことを思い出した。

中津川が膝を送り、谷口に耳打ちをしている。谷口の目が、一瞬与兵衛に向けられた。

嫌な心持ちがしたが、与兵衛は無視した。

もうひとりの高弟荒木継之助《あらきつぐのすけ》の合図で、組太刀《くみだち》の稽古をしていた大人が休み、休んでいた子供らが組太刀を始めた。

組太刀を終えた若侍が目礼をして、与兵衛の脇を通った。汗のにおいが、むっと立ち込めた。かつての己の姿が、そこにあった。稽古で絞っても、あのような汗はもう二度と搔けないのだろうな、と板床に残った汗に浮いた足跡を見た。

「滝村さん」

先生がお呼びです、と言って、沼田が手で谷口の側に行くよう示した。

中津川を見た。稽古に気を取られている振りをしている。与兵衛は立ち上がり、谷口の傍らへと進み出た。

「お呼びだと伺いましたが」与兵衛が訊いた。

「今、中津川さんから申し出を受けたのだが」

中津川が、ゆるりと顔を与兵衛に向けて来た。

「滝村さんと模範稽古をしたいとの意向なのだが、受けてもらえるであろうか」

「私がやる意味が分かりませぬが」

「それはな、同じ一刀流でも、この谷口派一刀流と、滝村さんが修められた小絲《こいと》派一刀流では、少なくない違いがある。そこのところを、若い者にも見せてやりたい、という申し出なのだ」

「……」

「実を言うと、沼田と荒木に模範稽古をさせるつもりでおったのだが、ふたりの稽古は何度も見せているのでな。それに、本音を言うと、私も見たいのだ」

さて、どうしたものか、と迷いながら道場を見渡した。与一郎がいた。真っ直ぐに目を向けている。隣の者が、与一郎の脇腹を肘で小突いた。何か答えている。

中津川と優劣を付けるようなことはしたくなかったが、逃げる道はなさそうだった。

「分かりました」与兵衛が応えた。「お受けいたしましょう」

与兵衛と中津川は羽織を脱ぐと、竹刀を右手に持ち、道場の中程に並んだ。間合は九歩。三歩ずつ詰めると、一足一刀の間合が残る。

上座に一礼し、次いで向き合い、礼を交わした。先程までの喧噪《けんそう》が嘘のように静まり返っている。与兵衛は竹刀を左手に持ち替え、摺り足で三歩進み、竹刀を抜き合わせた。

「三本勝負。始め」

谷口が、大きく後ろに下がった。中津川は正眼《せいがん》の構えを取りながら、与兵衛の出方を窺《うかが》っている。与兵衛は切っ先を五寸（約一五センチ）程下げ、中津川を誘った。動かない。更にゆるゆると、肘を伸ばしながら五寸の下げに入った。

勝負において、勝機と呼べる瞬間は少ない。少ない勝機のひとつに、動きが尽《つ》きるところがある。動きが尽きる。すなわち動きが終る時である。竹刀を下げ終え、肘が伸び切っていては、即座に竹刀は振るえない。

勝機と見た中津川が、与兵衛の切っ先が下げ止まるのを待ち、打ち込んで来た。足の踏み込みも十分であった。中津川の竹刀が与兵衛の小手《こて》に届いたかに見えた。が、中津川の踏み込みよりも、与兵衛の退《ひ》き足が速かった。中津川の竹刀が空を流れた。与兵衛の竹刀が中津川の手首をポンと打った。

「一本」

谷口が与兵衛に右手を挙げた。

「あっ」と中津川が、口を小さく開けて、声を漏《も》らした。「始めから退き小手を狙っていたのですか」

「済まぬ。小絲派は、他の一刀流の道場と違って退き技をよしとしているのだ」

剣は打ち込んで倒すことを基本としており、この時代にあっては退き技はよしとされない風潮があった。

それに異を唱《とな》えたのが、小絲派を起した小絲双十郎《そうじゆうろう》であった。小絲派の剣は、相手を斬り倒すを目的とせず、戦意を喪失《そうしつ》させるを目的としていた。相手の打ち込みを躱《かわ》し続け、腕が伸びたところをポンと打つ。退き技には、退き面、退き胴、退き小手とあるが、小絲派では、相手の身体の損傷の少ない退き小手をよしとした。

「二度と食いません」

中津川は正眼に構えると、足指をにじるようにして間合を詰めて来た。

与兵衛は再び切っ先を五寸下げた。中津川は睨むようにして与兵衛の目だけを見ている。

与兵衛はゆるゆると後退すると見せ、間合の中に飛び込み、中津川の右小手を狙った。

「おうっ」

中津川は竹刀で払うと、返す刀で打ち込んで来た。鋭い。竹刀の戻りが異様に速かった。足を退いている間さえなかった。切っ先が与兵衛の袂《たもと》を掠めた。だが、中津川の動きには無理があった。体勢が崩れている。与兵衛が胴を狙って踏み込んだ。その一瞬を中津川は見逃さなかった。技の起り頭《がしら》を捉《とら》えて、中津川の竹刀が与兵衛の手首を打ち据えた。

「一本」

谷口の手が、中津川に上がった。

「小絲派の太刀筋は読み切りました」中津川が言った。

三本目が始まった。

中津川の、揺さぶるような攻撃が激しくなった。間合を保ち、ここぞと言うところで打ち込もうとしているのだろう。

「来い」

与兵衛の切っ先が板床に触れる程に下がった。

「誘っているつもりですか」

「そうだ」

中津川は間合を詰めたが、あと半歩のところで踏み切れないでいる。

「どうした?・」与兵衛が叫んだ。

中津川の額から汗が光って落ちた。

踏み込み、打ち下ろす。竹刀を巻くようにして小手を打ちに来るには、下段に下げた竹刀は遠過ぎる。一旦間合の外に逃れると見せて、小手を打ちに来るのか。それとも、下段からの技が、他にあるのだろうか。分からなかった。されば、と中津川は考えを改めた。突きではどうだ？

突く。突いた竹刀を跳ね上げ、斬り下げる。その技がなくはなかったが、その手に掛かる程、俺の腕は甘くはない。突く。下段から小手を狙ったとしても、小手に届く前に突きが相手の胸板に届くはずだ。飛び退《す》さったとしたら、どうだ？　切っ先が届かねば、こちらが間合の外に逃れてもよいし、相手の足の退き方によっては、追い打ちを掛けるのもよい。相手が踏み込んで来たら、お株を奪い、退き小手で決めるのもよいではないか。勝機は、多分にあるはずだ。

中津川の口から裂帛《れっぱく》の気合が迸《ほとばし》り出た。

突きが放たれた。

与兵衛の身体が間合の外に飛んだ。

(そのような退き足で逃れたつもりか)

中津川の切っ先が与兵衛の肩口目掛けて伸びた。するすると伸びた切っ先が肩口を捉える寸前、与兵衛の竹刀が鞭《むち》のように撓《しな》り、中津川の小手を打った。紙一重遅れて、中津川の突きが与兵衛の肩口に届いた。

「相打ち」

谷口が叫んだ。道場を埋めていた門下生から唸り声が上がった。

「谷口さん」中津川が、首を横に振ろうとした。

「相打ちです。見事でした」

谷口が中津川に言い、与兵衛に目で尋ねた。

「異存はありません」

与兵衛は応えると、中津川と礼をしてから竹刀を戻した。

谷口が、柔らかな笑みを湛《たた》えながら裏の居室にふたりを誘った。

「咽喉《のど》が渇いたでしょう。茶でもいかがですかな」

その前に汗を拭くことにした。道場を抜け、井戸端に出た。

寛助が先に立ち、桶《おけ》に水を汲《く》んでいる。その水音を聞きながら、道場から離れて行く影があった。《はぐれ》の仙蔵だった。仙蔵はふと立ち止まり、背帯から十手を抜いた。鋭い突きが、空を切り裂いた。仙蔵は自分の動きに満足したのか、十手を収めると、足早にその場を去って行った。

与兵衛と中津川が諸肌《もろはだ》を脱いだ。寛助が腰の手拭を与兵衛に手渡した。

「旦那は、手拭を？」

寛助が中津川に訊いた。

「供の者は帰してしまったのでな。その辺にぶら下がっているのでも借りるか」

寛助が辺りを見回した。

「これをお使い下さい」

与一郎だった。

「おう、見ていたようだな」与兵衛が絞った手拭で汗を拭きながら訊いた。

「はい」

中津川が礼を言って、与一郎の手拭を桶の水に浸した。

「どうだった？」与兵衛が訊いた。

「父上も中津川様も見事でした」

「いいか。誰にも言うな」と中津川が与一郎に言った。「三本目は、相打ちではない。そなたの父上の勝ちだ。私の突きは瞬きひとつ遅れた」

「そうなんで？」

寛助が訊いた。

「だが、ほぼ同時だ」与兵衛が答えた。

「真剣ならば、私の手首は飛んでおり、剣は届かなかった。負けです」

中津川が右の手首を手刀で叩いた。

「では、何ゆえ谷口先生は相打ちだと」与一郎が与兵衛に問うた。

「決闘ではないからだ。次に立ち合う時には、もっとよい勝負になるよう精進《しょうじん》すればよい。だからだ」

「先生は、勝ち負けだけに拘らぬようにとの配慮をなされたのかも知れぬな」

中津川が、手拭を絞った。ぽたぽたと水が滴り落ち、地面に黒い点を作っている。

「分かりました」

「言うなよ。私の方が弱いと思われたら耐えられぬ」

「はい」

「では、道場に戻れ。手拭は干《ほ》しておくからな」

与一郎が走って帰って行った。

「勝ちたかった」と中津川が言った。「私の突きは、滝村さんより上だと自負していたのですがね」

「あの突きは鋭かった。負けたと思ったぞ」

「五十貝様程ではありませんよ」

掏摸《すり》の右肩口に十手を突き入れた五十貝の早業が、瞼《まぶた》に甦《よみがえ》った。

「どうして、知っている？」

「一緒に見ていたではないですか」

「誰と？」

「滝村さんとですよ」

「俺だって？」

「どうして、五十貝様に背を向け、立ち去ろうとしたのです？」

おふたりを見ていたのです、と中津川が言った。滝村さんは、声を掛けるとばかり思っていました。

与兵衛は、あの瞬間、五十貝が《百まなこ》ではないかとにわかに沸き起った疑念に愕然《がくぜん》としていた。

「……俺の出番がなくなったからだ」

「そうですか。でしたら、私もそうだ、と言っておきましょう」

「何ゆえ、あそこにいたのだ？」

「見回りの途中でした。それが、何か」

「何でもない……」

「そうですか」

私は帰ることにします。中津川が手拭を寛助に渡しながら言った。

「谷口さんには、急用が出来たと言っておいて下さい」

中津川は着物の袖に腕を通すと、羽織を着、大小を腰に差した。

「次に立ち合う時、と言ったのは、滝村さんですからね。忘れないで下さいよ」

中津川は、与兵衛の返事を待たずに道場の門を潜ってしまった。

「何か、どこか、気に入らねえな」与兵衛が、桶の水をぶち撒《ま》けた。

「まったくで」

寛助は手渡された手拭を濯《ゆす》ぐと、軒下の竹竿に二本並べて干した。

「茶を淹れて下さるそうだ。一緒に呼ばれよう」

「あっしはここで待っておりやす」

「上がって、飲め。遠慮は無用だぞ」

「ここでひとりで煙草を吸っている方が気楽でございやすから」

考えを変える寛助でないことは、知っている。長くは掛からぬ。後で飯か蕎麦でも食おう。与兵衛は襟元《えりもと》を整え、居室の方へ上がった。

与兵衛を見送った寛助は、手頃な石を見付けると、煙草入れを手にして、腰を下ろした。

煙管に刻みを詰め、火を点《つ》け、深く吸い込んだ。唇を窄《すぼ》め、細く煙を吐き出す。

青みを帯びた煙が、流れて消えた。見上げた空が高く、青い。

明晩にでも、と寛助は思った。聞き込みに行ってみるか。戻っているかも知れねえ。

その勘は、ぴたりと当った。


四月二十日。六ツ半（午前七時）。

与兵衛は、神妙な顔をして玄関口で待っていた寛助を引き連れ、組屋敷を後にした。

「何か摑んだらしいな」

「左様でございやす」

「話してくれ」

「口入屋の《若戸屋》でございやすが、鮫ケ橋《さめがはし》の岡場所と繋がりがございやした」

《百まなこ》に四年前に殺された若戸屋四郎兵衛が資金《かね》を回して、女房の妹夫婦に淫売宿をさせていたのだ、と寛助が言った。

「針子《はりこ》や下女にするから、と田舎から娘を集め、何も知らねえそいつらを店に出したって話でございやす」

「《坂口屋》は？」

「こちらは予想通りと申しやすか、借金の形《かた》に、女房、子供を岡場所に売っ払っていたそうでございやす」

与兵衛が足を止めた。寛助と、遅れて付いて来ていた朝吉が慌てて与兵衛に倣った。

「するってえと、岩松、《若戸屋》、《坂口屋》、三件とも女を岡場所に叩き売っていたってことになるな」

「そうなんでやす……」

寛助が唇をきつく結んで頷いた。

「お江戸には、悪党は数え切れねえ程いる。その中から、《百まなこ》はこれまでに三件で四人の者を殺して来た。どうして奴どもなのか分からなかったが、女を岡場所に叩き売っている者を選んで殺しているとなると、これは、すごいことだぜ」

寛助の咽喉が動いた。与兵衛が続けた。

「《百まなこ》が次に狙う奴が絞れるってことだ」

与兵衛は、寛助らが挙げた悪党どもを順に並べた。

「女が絡むとなれば、《百まなこ》の次の狙いは、千頭か」

「そうですよ。そうに決まってやすよ」

「いや、千頭ひとりに絞るのはまだ早いな。千頭も悪いが、他にもっと悪いのがいるかも知れねえ」

「《川口屋》と《浜田屋》ですかい」

「そうだ。その昔馴染《なじみ》って奴だが、今夜また会えるのかい」

「へい」

「出来たら《川口屋》と《浜田屋》についても訊いてくれねえか。彼奴《きやつ》どもも裏で何かしているかも知れねえ」

「承知しやした。それから《百まなこ》のことですが」

「何か知っていたか」

「いえ、残念ながら、分からねえ、と。そいつが言うには、《若戸屋》と《坂口屋》を殺《や》ったのは分かるが、岩松とその子分をどうして最初にしたのか。《若戸屋》と《坂口屋》の方が悪じゃねえか、と言っておりやした」

与兵衛も、どうして岡っ引殺しから事件が始まったのか考えたことがあったが、そのままにしてしまっていた。

「寛助」

「へい」

「もしよかったら、昔馴染って奴のことを、触りだけでもいい、話しちゃくれねえか。どこの誰ってのは省《はぶ》いてもらって構わねえ」

寛助は、少し考えていたが、よろしゅうございやす、と言った。

「掏摸《すり》の束《たば》ねをしておりやして、ひと昔前に所払いを食らっている者でございます。他にも二、三人似たようなのがいるのですが、塒《ねぐら》は定かでなくて……」

「それぞれに因縁があるって訳か」

「そんなところで……」

与兵衛は、太い息を吐き、低い声で言った。

「俺はな、今ちいと怯えているんだ」

「何に、でやすか」

「お江戸の闇の深さに、だよ」

二

四月二十一日。

寛助が前夜聞き込んだところでは、浅草花川戸の《川口屋》にも、芝大門前の《浜田屋》にも、そして御家人の来島半弥にも、それぞれ女絡みの事件はあるにはあったが、千頭の非道さには及ぶものではなかった。

「《百まなこ》が次に狙うのは、千頭ってことに？」

米造が与兵衛に尋ねた。

「確証はねえ。世の中、どんな悪が隠れているか、知れたもんじゃねえからな。だが、俺たちが目を付けた悪の中では、千頭が一番濃いことは間違いねえだろうよ」

「するってえと、あっしどもは？」

「今のままでいい。弥吉を見張っていれば、千頭に繋がり、それは《百まなこ》に通じるはずだ」

しかしこの日も、六ツ半（午後七時）の鐘がひとつ鳴っても、弥吉に動きはなかった。

「動きませんね」寛助がじれったそうに呟いた。
米造と新七を見た。《草紙堂》の見張り所に詰めて、七日になる。
「今夜は、もう動かねえだろ。酒でも飲みに行こうぜ」
「よろしいんで」寛助が与兵衛に訊いた。
「よろしいもよろしくねえも、山場が来るのはこれからなんだ。敵が静かにしている
うちに飲み食いするしかねえじゃねえか」
「では、御言葉に甘えさせていただきやす」寛助が頭を下げた。
米造と新七が続いた。
階段を下りて行くと、花がひとりで箱膳を前に夕餉を摂っていた。膳の上にあるの
は漬物と味噌汁だけだった。
「ちょいと出掛けて来るぜ」と寛助が、花に声を掛けた。
花が茶碗と箸を持ったまま、頷いた。
「何か土産を買って来るから楽しみにしてな。何、遅くはならねえ、一刻（二時間）
程だ」
「一刻以上経ったら、どうしたら？」
「済まねえ。その時は、戸締まりをして寝てくれ。土産は明朝回しってことでな」

「分かりました。行ってらっしゃいませ」

花は茶碗の飯を口に押し込むと、味噌汁で流し込んだ。

「滝与の旦那」と寛助が、奥の小路を行きながら言った。「あっしは、あのお花って女《あま》っ子が気になりやしてね」

「いいのかい、そんなこと言って」

「艶《つや》っぽい話じゃござんせん。あいつは暇さえあれば黄表紙を読んでおりやして、たまに動くとドジを踏みやしてね。転ぶ。崩す。破く。主に叱られる。その繰《く》り返しなんでさあ」

「それで肩入れしたくなっちまったのか」

「お恥ずかしい話でございやすが、あっしの姉にどこか似ておりやして」

「いたのかい。姉さんが」

「あっしが十七の時に死にやしたが、飯の食い方がそっくりなんでございやすよ」

「それでは、何か美味いものを土産に買ってやらなくてはな」

「へい」

寛助が洟《はな》を啜った。

どこに目や耳があるとも限らない、見張り所の近くで飲むことは出来なかった。

堅大工町《たてだいくちょう》の居酒屋《いすゞ》まで歩くことにした。堅大工町は、板新道、別名西裏通りを南に進み、纏屋《まといや》の角を折れた先にあった。纏屋は、江戸広しと雖《いえど》も、この一軒だけで、ここでいろは四十八組の纏をすべて作っていた。

縄暖簾を潜り、土間に入った。煙草の煙と魚を炙《あぶ》るにおいが、立ち込めている。

「空いているかい？」

先頭に立った米造が二階を指さした。主らしい男が、仰《の》け反《ぞ》るようにして米造と後ろに続く寛助と与兵衛を見て、慌てて手拭を取り、空いております、と答えた。

「上がらせてもらうぜ」

梯子《はしご》に角度を付けただけのような、急な階段だった。

「お先に、どうぞ」

与兵衛は上がりながら、十人ばかりの客を見回した。

隅で、皆に背を向けて飲んでいる男がいた。男は銚釐《ちろり》を持ち上げると、かったるそうに酒を注ぎ、一息で飲み干した。

男の背格好に見覚えがあった。与兵衛は階段を途中から下りると、米造らを先に上げ、寛助に、

「あれは」と言って、男を顎で指した。「《はぐれ》じゃねえか」

寛助と、振り向いた仙蔵の目が合った。

「呼んで来てくれ。《はぐれ》に、訊きたいことがある」

「承知いたしやした……」

寛助が、客の間を縫って仙蔵に近付いて行った。与兵衛は階段を上がった。《いすゞ》に来ると決めたのは、ほんの先程のことだし、仙蔵が尾《つ》けたのではないことは分かっていた。疑う余地はなかった。それなのに、いつも仙蔵の姿が目の前にちらつくのは不愉快なことだった。

間もなくして、寛助と仙蔵が上がって来た。

「静かに飲んでいるところを済まなかったな」与兵衛が声を掛けた。「ここは、馴染《なじみ》なのかい？」

「いいえ」仙蔵が答えた。

「まさか、初めてだとか」

「その、まさか、でございやす」

「確か、縄張りは神田佐久間《さくま》町辺りだったと覚えているが」

「それは子分を使っていた昔の話でございます。今は、これという事件だけ、ひとりであちこちと追っていいやす」

「《百まなこ》かい？」

「それも、ございやす……」

「では、《三名戸屋》か」

「あっしは《三名戸屋》には興味はございやせん」

「ならば、どうしてここにいる？　帰りがけに飲むにしては、ちと場所が遠くねえか」

「追っている者がいるからとしか、申し上げようがございません」

寛助が何か話そうとした出鼻を、小女の声がくじいた。

「お待ちどおさまです」

階段とは別のところから、酒と肴が運ばれて来た。寛助が頼んで来たのだろう。

「何だ、他に上がり口があるのかい？」

与兵衛が、小女に訊いた。

「あれでは」と言って、与兵衛らが上がって来た階段に目を遣り、小女が笑った。

「危なっかしくて運べませんよ」

「奥にもっとしっかりとした階《の》段があるようでございやす」仙蔵が言った。

「よく知っているじゃねえか」寛助が応じた。「広くて立派なのが確かにあるぜ」

「あっしのいたところから、奥の様子が見えていただけでございやす」

小女に肴の注文を出し、銚釐の酒を注ぎ合い、形ばかり、杯《さかずき》を交わした。

「しつこく訊いて済まなかったな。まあ、気分を直して飲んでくれ」

与兵衛は、銚釐を持ち上げ、仙蔵の猪口《ちょこ》を満たした。

「占部さんが言われたのだ。《百まなこ》を追い詰めるとしたら、俺かお前だ、とな。聞いていたか」

「へい」仙蔵が猪口の中のものを嘗《な》めるようにして飲んだ。

「偽の《百まなこ》を見破った手並みは見事だったな。例繰方を訪ねて、一件の御用控を読ませてもらった」

「たまたまでございますよ」

「あんな細かいところに気が付くなんて、俺にはちっと信じられねえな。《百まなこ》の面に小さな針で突いたような穴があるかないかなど、気が付くもんじゃねえ」

仙蔵が顔を起して、与兵衛を微かに睨んだ。

「要は、お前さんの執念の出所が分からねえってことさ」

「それをお訊きになっても、無理でさあ。岡っ引の性《さが》って奴でしょうよ」

「それだけとも思えねえが」

「口幅ったいことを申しますが、あっしは悪い奴がでえ嫌えなんでございやす。ただそれだけのことで」

「立派な心掛けじゃねえか。俺も悪いのはでえ嫌えだ」

「そうでなければ、十手なんぞ持ちやせん」

仙蔵が猪口の酒を干した。乱暴な飲み方だった。

「飲んでばかりいないで、食え。身体を壊すぞ」

与兵衛は箸を伸ばし掛けて、改めて肴を見回した。

小魚の炙ったものの他、筍《たけのこ》を使った料理が並んでいた。海草などと炊き合わせたものは分かったが、筍の中を刳《く》り貫《ぬ》き、蒲鉾《かまぼこ》や茸《きのこ》などの煮物と白身魚の擂《す》り身を練り合わせ、詰めて蒸したものは初めてだった。

「美味《うま》いな」

「この季節の楽しみのひとつなんでございますよ」寛助が言った。

「土産は、これにするか」

「ようございますね」寛助が答えた。

「この頭数にお花の分と、それから握り飯を作ってもらって、ふたりで朝にでも食ってくれ」与兵衛が米造と新七に言った。

「旦那、あっしは」仙蔵が言った。「ひとつ増えても大した違いじゃねえ。遠慮するな」

「では、折角《せっかく》ですので頂戴いたしやす」

「新七、頼んで来い。それと酒もな」

「へい」

二つ返事で立ち上がった新七が、注文を終えて戻って来た。

新七が座り易いようにと、仙蔵が膝を送った。羽織が寄り、背帯に差していた十手が覗いた。

目敏《めざと》く見付けた新七が、這うようにして十手を見詰めた。

「変った十手でございやすね」

十手と聞いて、皆の手が止まった。

「そんなに変ったもンではござんせんよ」仙蔵が羽織を合わせた。

「不躾《ぶしつけ》なお願いで申し訳ねえんでございやすが」と新七が、膝を揃えて言った。「十手を拝ませていただけないでしょうか」

「新、しつこいぞ」寛助は新七を叱ってから、仙蔵に詫《わ》びた。「気を悪くしねえでくんねえ。こいつア、まだ駆け出しなんだ」

「構わねえですよ。見せるくらいなら」

仙蔵は腰から十手を引き抜くと、新七に手渡した。

長さ一尺二寸（約三六センチ）。鍛鉄《たんてつ》製の丸棒身、鉤《かぎ》付きで房《ふさ》なし。十手そのものは、岡っ引や下っ引が奉行所から貸し出してもらっているものとほとんど変りはない。丸棒身に細い麻紐をきっちり巻いてあるところが、風変りであると言えば言えた。

「見せてくれ」

与兵衛は重さを計るようにして受け取ると、十手で掌を二度三度と叩いた。

「当りが随分と柔らかくなるな」

「徒《いたずら》に怪我をさせたくねえもんで、勝手な真似をいたしやした」

「悪い奴は嫌いだが、怪我はさせたくねえ、か。お前さんも、かなり変ってるな」

「……」

「これは、わたくしの物かい」

鉤の形や重さが、官給の十手とは若干《じやっかん》違っていた。

「へい。野鍛冶《のかじ》に打たせた物でございやす」

十手は、捕物がある時などに同心が手先として働く岡っ引や下っ引に貸し出す物で、捕物が終れば返してもらうことになっていた。しかし、それでは面倒なので、多くの場合は貸し出したままという形をとっているのだが、中には鍛冶屋に打たせた自前の物を持ち歩いている者もいた。奉行所としては、官給の物であろうと私物であろうと、江戸の治安を守る手助けをしてもらえるのならば、どうでもよかったのである。

「今日は一緒に飲めてよかったよ。楽しかったぜ」

「何を仰しゃいやす。勿体《もったい》ね……」

言い掛けて仙蔵が、噎《む》せたのか、激しく咳込んだ。猪口の酒を呷《あお》り、口許を拭い、作ったような笑みを見せた。

組屋敷に帰り着いたのは、町木戸の閉まる夜四ツ（午後十時）少し前だった。

朝の早い与一郎は寝ていたが、母の豪はまだ起きていた。多岐代に土産を渡し、豪のいる奥座敷に挨拶に出向いた。

「只今帰りました」

廊下から声を掛けると、即座に返事が戻って来た。寝所に横になってはいても、余程具合が悪くない限り、与兵衛が帰宅したと知るまでは眠れないのだろう。幾つになっても己は子供であり、母は母であるのだ、と思った。

「お入りなさい」

「失礼します」

座敷に入った。床の上に起き上がった豪が、背に回した羽織をするりと羽織った。

「また定廻りのお手伝いですか」

「はい」

「随分と気に入っているようですね」

「ひとつひとつ足取りを追うのは、根気も要りますが、なかなか面白いものです」

「くどくは申しませんが、御父上の町火消人足改のことも忘れぬように願いますよ」

「決して忘れておりません」

「ならば結構です」

居間に戻ると、土産の筍の詰め物と茶が用意されていた。

「この刻限だ。小腹が減ったであろう。私は食べて来たから、食べるがよいぞ」

与兵衛は湯飲みを取り、膳を多岐代の方に押した。

「それでは少しだけ」

多岐代が端の一切れを小皿に取り分け、口に含んだ。噛んでいる。目が大きくなった。

「美味しゅうございます」

「私も初めて食べた」

多岐代が熱心に具の塩梅《あんばい》を見ている。

「これなら私にも作れます」

多岐代が楽しそうに言った。

「出来上がりが楽しみだな」

「お任せ下さい」

「美味く作るためにも、もう一切れ食べておくとよいぞ」

「はい」

多岐代が素直に箸を伸ばした。

三

四月二十二日。

昼八ツ（午後二時）の鐘が鳴り終る頃、弥吉が《三名戸屋》の裏木戸を出、路地を表の方へと歩いて行った。

「尾《つ》けるぜ」

寛助が米造と新七に言った。三人は見張り所を抜け、弥吉の後を追った。弥吉は、《三名戸屋》の檜皮葺門《ひわだぶきもん》が見透かせる木陰に隠れていた。

「何をしているんでしょう?」新七が訊いた。

「見ていれば分かる。黙っていろ」米造が答えた。

間もなくして、門を潜って女が出て来た。女を庇《かば》うように老婆が付き添っている。

女は丸髷に結い、鉄漿《おはぐろ》をしていた。髷には目立つ髪飾りもなく、抜き襟もしていない。凛とした姿は武家の妻女のようであった。

「あっ」と米造が、声を漏らした。

「どしたい?」寛助が訊いた。

「あの女、福でやすよ」

「福って、豊島町のか」

女を見た。下膨れで、確かに美形であった。

「化けやがったんで」

女がこめかみに手を当て、足許をふらつかせた。老婆が支えようとするが、手にあまっている。老婆が振り向き、手をお貸し下さい、と言った。大店の主の風体をした男と《三名戸屋》の者が駆け付けたが、《三名戸屋》の者は手を出そうとはせず、主風体の男が支えた。

「奥様。直ぐに駕籠が参ります」老婆が女に話し掛けている。

「大事ない。目が眩《くら》んだだけのことです。案ずるには及びません」

「でも、奥様……」

老婆の涙声に被さるようにして駕籠が着いた。辻駕籠ではなく、引き戸の付いた高級な駕籠だった。女は主風体の男に礼を言うと、駕籠に乗り込んだ。

「失礼でございますが、お名は？」と、老婆が主風体の男に尋ねた。

「名乗る程のお手助けなど、いたしてはおりません。お気遣いは無用に願い上げます」

男が応えた。

「それでは、私が奥様に叱られます」

男が名乗った。その声は、寛助らのところまでは聞こえなかった。

老婆が男に何事か囁《ささや》き、駕籠が門前を離れた。

男が、その連れなのか、後から来た同年配の男に冷やかされ、手を項《うなじ》に当てている。ふたりは《三名戸屋》の者に見送られ、駕籠の向かった方とは別の方へ去って行った。

弥吉は、ふたりを見送ると、駕籠の後を追うように駆け出した。

「俺たちは弥吉を追う。新七は、あの手を貸した男を尾け、どこの誰だか調べて来い」

「合点承知之助でさあ」新七が言った。

「分かったら、見張り所に戻っていろ。いいな」寛助が念を入れた。

福を乗せた駕籠は豊島町の近くで止まった。その時には、弥吉は駕籠に追い付いていた。福は、駕籠舁きに過分な酒代を弾むと、弥吉と老婆とともに小路を縫うようにして家に入った。

暫くすると、日当をもらったのだろう、老婆が嬉しげに家から出、小路の奥へと帰って行った。

「調べて来やす」

跡を尾けた米造が老婆の住処《すみか》と名を聞き出して来た。

それから半刻後、弥吉が帰るまで何の動きもなかった。

「あれが手なんでしょうか」と米造が寛助に訊いた。

《三名戸屋》で、これぞという大店の主に目星を付ける。その男の目の前で、福が倒れる。老婆が助けを求め、男と繋がりを作る。礼だ何だと、何度も女と会ううちに、深みに嵌《はま》る。男は、町屋の者が滅多に言葉を交わすこともない武家の美しい奥方と懇《ねんご》ろになったと有頂天になる。弥吉らの思う壺《つぼ》だ。

「不義は、ふたつに重ねて成敗してもお咎めなしだ。この御定法を逆手に取って、男を強請《ゆす》るって寸法だろうよ」寛助が吐き捨てるように言った。「汚ねえ奴どもだ」

「《加賀屋》の作左衛門も？」

「証はねえが、恐らくな」

その頃――。

新七は、男が銀《しろがね》町の薬種問屋《伏見《ふしみ》屋》に入るのを見届けていた。

「お帰りなさい」

小僧が水桶を持って通りに出て来た。新七は小僧に近付くと、

「今のが旦那かい？」と訊いた。

「へい。左様でございますが……」小僧が訝《いぶか》しげに新七を見詰めた。

「優しそうな御人だな」

「それはもう」小僧の顔が笑み割れた。

新七は自身番に寄り、《伏見屋》の主の名を訊き、見張り所に戻った。《伏見屋》の主の名は菊右衛門《きくえもん》と言った。

「皆、御苦労だったな」《草紙堂》に戻った与兵衛は、土産の重箱を広げながら言った。「こうなったら、夜も昼もねえ。俺も詰めるから、出入りをきっちり見張るんだ。恐らく福か菊右衛門が現れるはずだ。ひょっとしたら《百まなこ》もな」

いいや、たとえ《百まなこ》が現れなくとも、《三名戸屋》の悪事のからくりを見届けてくれようぜ。与兵衛が語調を強めた。

二日後の二十四日、弥吉が年の頃は六十絡みの男と裏木戸を出て来た。弥吉は、絹の羽織を着た男に、何か細々と話して聞かせている。《伏見屋》の手前で弥吉は足を止めて物陰に入り、男がひとりでお店の暖簾を潜った。弥吉は、男が出て来るのを待ち、再び男と《三名戸屋》に戻って行った。

「何でしょうね?」と新七が、寛助に訊いた。

「お誘いだ。動くぞ」寛助が答えた。

翌二十五日は、端午《たんご》の節句のための武者人形市が、十軒店《じっけんだな》で始まる日だった。雛人《ひな》形市と羽子板《はごいた》市とともに大賑わいを見せるので、高積見廻りのひとりとしては、せめて初日だけでも、巡視に加わらなければならなかった。

与兵衛が見張り所に着いた時には、四ツ半（午前十一時）になっていた。

――どのみち、何かあっても昼前ってことはねえでしょう。

寛助の読みは当っており、老婆を伴った福と伏見屋菊右衛門が現れたのは九ツ半（午後一時）に近い刻限であった。

この日は、一刻（二時間）足らずで《三名戸屋》を出、互いに呼んだ駕籠で帰った。お礼だと称して午餐を供にしたのだろう。

「次が怪しいな」与兵衛が言った。

「濡れ場になるこたア間違いありやせんね」寛助が応えた。

「何だか、浮き浮きしちゃあいねえか」与兵衛が言った。

「からかっちゃいけやせんや。あっしは枯れているんですからね」

三日が経った。二十八日は目黒不動尊の縁日のある日である。

「済まねえ。見回ったら直ぐに行くからな」

しかし、何の動きもなかった。

更に三日が過ぎ、月も五月に改まり、与兵衛の属する南町奉行所は非番となった。

非番になったからと、勤めが休みになる訳ではない。大門を閉じ、新たな訴訟を受け付けないだけで、内役の者も外役の者も皆継続して務めを果たしていたのである。

一日《ついたち》が過ぎ、五月の二日になった。

旧暦の五月は、新暦の六月に当る。二日と言えば、もう十日もすれば梅雨に入る頃合である。障子を開け放てない《草紙堂》の見張り所の中は、温気が籠《こも》っていた。

与兵衛は、風通しのよい階段の上がり端に座り、裏庭に目を遣った。雲間から射す光は鈍く、花の影も薄い。

「そろそろ動いてくれねえもんですかね」

細く開けた障子の隙間から、《三名戸屋》の裏木戸を見下ろしていた米造が、首筋の汗を拭いながら言った。

「動く。それも今日だ。目エ離すんじゃねえぞ」と寛助が、顎で《三名戸屋》を指した。

「親分、どうして分かるんです?」新七が尋ねた。

「今日は三隣亡《さんりんぼう》だ。奴どもが動くに相応《ふさわ》しい日じゃねえか」

「そりゃあ大安吉日に悪だくみってのも、聞かねえ話ですが、親分……」

「静かにしろ」米造が新七を叱ってから、与兵衛と寛助に言った。「弥吉が出て来やした」

四

弥吉は《三名戸屋》の裏木戸を出ると、急ぐ風でもなく北に向かって歩き出した。

武家屋敷を過ぎ、松平左衛門尉《まつだいらさえもんのじよう》と阿部伊予守《あべいよのかみ》の上屋敷の前を通り、八辻ケ原を横切ろうとしている。

「昌平橋《しようへいばし》を渡るようでございやすね」寛助が、与兵衛に言った。

橋を渡り、真っ直ぐに行くと、《百まなこ》に殺された金貸しの坂口屋藤兵衛が住んでいた金沢町に出る。

弥吉は、その金沢町の方へと歩いている。

「滝与の旦那……」寛助が、弥吉と与兵衛を交互に見た。

「焦るな。単なる偶然かも知れねえ」

弥吉は、金沢町には目もくれず、明神下の通りをずんずん進むと、湯島切通片町《ゆしまきりどおしかたまち》の料理茶屋《常磐屋《ときわや》》に入って行った。

《常磐屋》は、紹介する者がいなければ、一見《いちげん》の客は断ることで知られた店で、通称を《白鷺屋敷《しらさぎやしき》》と言った。これは、不忍池《しのばずのいけ》から逃げた白鷺が、《常磐屋》の池に住み付いたことに由来していた。

「どういたしましょう?」寛助が訊いた。

「福か菊右衛門が来てくれたら、めっけ物だ。暫く見張ってみよう」

四半刻(三十分)経った頃、駕籠が《常磐屋》の門を潜り、玄関前に着いた。米造が門から覗き込むのと、駕籠から女が下り立つのが同時だった。女は福だった。福に僅かに遅れて、菊右衛門を乗せた駕籠が着いた。

「揃いやした……」寛助が言った。

「中を覗きたいが、出来そうか」与兵衛が米造に訊いた。

「ひとが随分といそうな気配でした」

「迂闊《うかつ》には入れねえってことだな」寛助が呟くように言った。

「裏はどうなっている?」与兵衛が訊いた。

「手前ら、裏ア見て来い」

寛助に命じられ、米造と新七が土塀沿いに奥へと回った。だが直ぐに、首を横に振りながら戻って来た。

「駄目です」と米造が答えた。「あちこちに若いのを配しておりやす」

「ここら辺りに詳しい岡っ引は？」

「一膳飯屋の巳之吉でございやす」

坂口屋藤兵衛の一件を調べた時に、手助けしてもらったのだと寛助が話した。

「何か策があるかも知れねえ。呼んで来てくれ」

明神下にある一膳飯屋は、目と鼻の先である。瞬く間に米造が、巳之吉を連れて来た。

「寛助から聞いた。この間の礼を言う前に、呼び出すことになっちまったそうで、済まねえな」与兵衛が詫びた。

「何を仰しゃいます。お役に立てて何よりでございやす」

「そう言ってくれると助かるぜ」

与兵衛は《常磐屋》の庭に潜り込み、密会している者の話を聞けないかと尋ねた。

「そればっかりは、無理でございやす。絶えず若いのがうろついて、目を光らせておりやすもので」

「そこを何とか出来ねえか」

「ここは千頭の駒右衛門の持ち物なので、危なっかしくて手が出せねえんですよ」

「《常磐屋》の持ち主は千頭なのか」思わず与兵衛が訊いた。

「一応持ち主は、松下町《まつしたちょう》の青物問屋《八百久《やおきゅう》》の久右衛門《きゅうえもん》ということになっておりますが、久右衛門は名ばかりで、実質は駒右衛門のものでございます」

「詳しいな」

「何年か前、旦那と同様に《常磐屋》に潜り込めないかと《佐久間町》から相談を受けた時に、聞いた話でございやす」

「《佐久間町》というのは、《はぐれ》のことかい？」

「左様で」

「《はぐれ》には何と答えた？」

「同じことでです。無理だ、と」

「その《はぐれ》は俺に、《三名戸屋》には関心がないようなことを言っていた。今は調べる気が失せたってことなのかも知れねえが……、その辺のことは分からねえか？」

「相済みません。あっしにゃ、ちょいと」

「いや、無理を言って済まねえ」

与兵衛は巳之吉の肩を叩いた。

滝与の旦那、と寛助が言った。あっしに、ちいと策がありやす。

「話してくれ」

小間物屋に化けて、裏から入るのだと、寛助が手順を告げた。

「潜り込むのは無理でも、中の様子や下働きの者の顔を見ることは出来るかと」

返事を濁《にご》して考えている与兵衛に、寛助がぐいと迫った。

「あっしは、この辺りでは、顔は売れておりやせん。ばれることはないと思いやすが」

「……よし。任せよう。だが、用意はどうする？」

信頼出来る小間物屋が明神下辺りにないか、寛助が巳之吉に訊いた。

「ぴったりのお店がありやす。主って男が、馴染の奴なんで……」

「案内してくれねえか」

「お安い御用ですぜ」

程無くしてふたりが帰って来た。

寛助は、いかにも小間物屋のように、顱頂部《ろちょうぶ》に置手拭《おきてぬぐい》をし、紅白粉に楊枝《ようじ》、歯磨き、櫛、笄《こうがい》などを詰めた葛籠《つづら》を段に重ねて風呂敷に包み、担いでいた。

「流石に小間物屋の主だ。よく似合うぜ」与兵衛が言った。

「こんな時にからかうなんざ、滝与の旦那もお人が悪うございやすよ」

それでは、と寛助は言うと、《常磐屋》の裏木戸へと回って行った。

「米造と新七は、適当に散って、中の動きに聞き耳を立てていてくれ。様子がおかしい時は、駆け込むからな」

「承知いたしやした」

米造と新七が、右と左に分かれて土塀沿いに走り去った。


寛助は裏の木戸門を、とんとんと叩いた。

「御免下さいまし」

裏庭から聞こえていた話し声が止んだ。

「小間物屋でございます」

足音が近付いて来た。寛助は、もう一度名乗った。

「用はねえ。帰《けえ》れ」

男の声が即座に言い放った。

「何だ?」兄貴株なのだろう。家の中にいるらしく、声が遠い。何をとち狂ったか、小間物屋が来やがったので、追い返そうと。

「歯磨粉《はみがきこ》を持ってるか、訊いてくれ」

「おい」と男が突《つ》っ慳貪《けんどん》な声を出した。「歯磨粉はあるか」

「はい。房州砂を使ったよいお品を持っております」

あると言っておりやすが。男の声の向きが変った。振り向いたのだろう。入れてやれ。へい。

裏木戸の閂《かんぬき》が外れ、だらしなく胸をはだけた男がふたり、両側から寛助を見回した。

「入《へ》えんな。兄貴が歯磨粉をほしいとよ」

「ありがとう存じますでございます」

寛助は頭を何度も下げ、肩を窄《すぼ》めるようにして前に進んだ。

「こっちだ」

勝手口のところに立っていた男が手招きをし、中に消えた。寛助は後に従った。

土間の向こうの板床に胡座《あぐら》を搔いて座った男が、房州砂と聞こえたが確かかい、と訊いた。

「間違いございません。きめが細かく、薄荷《はっか》や丁子《ちょうじ》を効かせたもので、大層評判のよろしいものでございます」

「見せてくれ」

「へい」

寛助は荷を解き、葛籠《つづら》を広げた。二段目の葛籠から歯磨粉を取り出した。

「《霧香散《むこうさん》》か」

男は手に取り、においを嗅ぐと、幾らだ？　と訊いた。

「一袋八文（約二百円）で商わせていただいております」

「五ツばかりもらおうか。それと楊枝だが、長めのはあるか」

「六寸（約一八センチ）のを御用意させていただいております」

「三本付けてくれ」

「楊枝が一本四文（約百円）でございますので、計五十二文になりますが、五十文（約千二百五十円）で結構でございます」

「俺に銭がねえとでも思っているのか」男の声が変った。

「そのようなことは決して。申し訳ございません」寛助は板床に額を擦《す》り付けた。

「分かればいいんだ」

男は懐から小銭を取り出すと、板床に並べながら、ぼそりと言った。

「とっつぁんとは、どこかで会っちゃいねえか」

胸をどんと突かれたような気がしたが、寛助は表情には出さずに答えた。

——野郎、鎌をかけて来やがった。

「あちこちと歩いておりますから……」

「そうかい……」

男は巾着《きんちゃく》を仕舞うと、歯磨粉と楊枝を手に取り、

「二度と来るな」と言った。「来たら大川に浮かぶぜ」

細い目が糸のようになり、鋭く光った。

「冗談だよ」

男が唇を歪《ゆが》めるようにして笑って見せた。

「重吉《じゅうきち》さん」

廊下に現れた年増の女が、男を呼んだ。どうやら女将《おかみ》のようだ。

「へい」

重吉は身軽に向きを変えると、小さく頭を下げた。

「お呼びだよ」

「承知しました」

重吉と入れ替りに入って来た女が、葛籠を見回した。

「何か面白いものは持っているかい？」

「いろいろと取り揃えてございます」

「本当かい」

女は、廊下を通り掛かった仲居を呼び止め、

「小間物屋が来ているよ」と言った。「何かほしいものがあったら、おもらい」

「はい」

仲居が隣室に声を掛けている。小さな嬌声《きようせい》が起り、三人の仲居が肩をぶつけ合うようにして、寛助の前に座った。

「どうぞお手に取ってご覧下さい」

寛助はにこやかな笑みの下で、重吉の歩き去った廊下の方を透かし見てから、三人の仲居の顔を頭に刻み付けた。脇の下で汗が流れた。

五

五月二日。宵五ツ（午後八時）。

与兵衛と寛助、そして米造と新七の四人は、《常磐屋》の仲居・民《たみ》の跡を尾けていた。

塒《ねぐら》を摑もうとか、誰と接触するかを見定めようとしているのではない。民が《常磐屋》から遠退《とおの》くのを、待っているのである。

既に三十六見附の大扉も長屋の木戸も閉じられている。歩く者の数は随分と少なく、己の立てる足音が耳につく刻限だった。

——滝与の旦那、打って付けの仲居がおりやした。

裏木戸を出て来るなり、寛助が言った。

——名は民。間もなく《常磐屋》を辞めるんだそうです。

左官職人と祝言を挙げるために、二年働いた《常磐屋》を、この十日に辞めることになっていた。

——女ってのはお喋《しゃべ》りですからね。紅ひとつ決める間に、それだけのことを話しておりやした。

——民に賭けてみるか。与兵衛が言った。

——そう来なくっちゃ、あっしが報われねえや。寛助が《常磐屋》を睨み付けた。

「ここまで来ればいいだろう」

と与兵衛が言ったのは、妻恋《つまごい》稲荷の近くに来た時だった。目と鼻の先に妻恋町の自身番がある。

「済まねえ。御用の筋だ。ちと待ってくんねえ」

追い付いた寛助が、手にした十手を見せながら、民に声を掛けた。

「……」

民が寛助の後ろに目を遣った。与兵衛がいた。稲荷社から漏れる仄《ほの》かな明かりに、三ツ紋黒羽織の着流しの姿が映った。一目で同心と知れる。

「私に、何か」

「俺だよ。昼間の小間物屋だ」

寛助が民の持った提灯に顔を晒《さら》した。

「まあ」

「手間は取らせねえ。付いて来てくれ」

寛助は、米造と新七を先に自身番に走らせた。ふたりが、自身番に詰めていた大家と店番を外に出している。

「済まねえな。直に終る」

貫禄を見せ付けた寛助に続いて、与兵衛が自身番に上がった。

「俺たちは悪い奴どもを追っている」と、与兵衛が民に言った。「悪ってのは、千頭の駒右衛門とその配下の者どもだ。分かるか。あの《常磐屋》、通称《白鷺屋敷》の本当の持ち主だ」

　民が小さく頷いた。

「其奴《そやつ》どもに強請《ゆす》られて、首を括《くく》った者がいる」

　与兵衛は、作左衛門の似顔絵を取り出し、民の膝許に広げた。

「この者を、見たことがあるか」

　背丈に身体付き、そして年齢を口頭で伝えた。

「ございます」と民が答えた。

「相手の女は覚えているか」

「……」民が言い淀《よど》んでいる。

「今日も《常磐屋》に来たであろう。どこぞの大店の主とともに？」

「……はい」

「福という名の、下膨れの器量よしだな？」

「お名までは存じませんが、仰しゃる通りの方です」

「前にも、別の者と来ていたのではないか」

「はい」

「それが誰だったか、分かるか」

「大店の御主人か番頭さんのようでしたが、お名までは。申し訳ありません」

「お前さんが、謝ることたアねえ。よく話してくれたな。大助かりだ」と与兵衛が、懐から一分金を取り出し、民の掌に握らせながら言った。「当分の間、今夜のことは誰にも話さねえでほしいんだが、約束してくれるか」

「ようございますとも」民が握った拳を額に押し当て、祈るような仕種《しぐさ》をした。

「それからな、もし何か女のことや千頭のことで言い忘れたことがあった時は、この自身番の者に『南町の同心、滝村与兵衛に伝えてくれ』と言ってくれれば、直ぐに来るからな」

「承知しました」

米造と新七に、民を家の近くまで送るよう言い付けた。間違っても、同心姿の与兵衛と小間物屋に化けていた寛助が、民と一緒のところを《常磐屋》の者に見られてはならなかった。


明けて五月三日。

与兵衛と寛助らは、《加賀屋》の番頭・佐兵衛がお店を退くのを待ち受けていた。

七ツ半（午後五時）過ぎ。帰り支度を整えた佐兵衛が、潜り戸から出て来た。紬《つむぎ》の羽織が、お店での地位を表していた。

通るひとが挨拶をしている。お店の近くでは顔が売れ過ぎている。暫く歩かせることにした。

塗師《ぬし》町を北に折れようとしたところで、与兵衛が呼び止めた。

「珍しいところで会ったな」

「御見回り、御苦労様にございます」佐兵衛が如才《じょさい》なく頭を下げた。

「見回りじゃねえんだ」

「はあ……」

「お前さんを待っていたんだよ。草臥《くたび》れたぜ」

与兵衛は首を横に倒して、筋をコキコキと鳴らした。

「私に、何か御用で？」

「無ければ、待つはずがねえじゃねえか」

「左様でございましょうね」

「作左衛門が引っ掛かった女だが、分かったぜ。名は福。すげえ別嬪《べっぴん》だな」

大声で話す与兵衛を宥《なだ》めるように、佐兵衛が与兵衛の袖を引いた。

「気色悪いことするねえ」

「聞こえます」佐兵衛が辺りを見回した。

「分かった。でかい声は出さねえから、付いて来な」

主水河岸の裏路地にある仕舞屋《しもたや》へと佐兵衛を連れ込んだ。《加賀屋》の手代・房之助から話を訊いた家である。

身を固くしている佐兵衛に、与兵衛が言った。

「番頭さんよ。俺たちは、これからお前さんが何を話そうと一切他言はしねえ。俺たちの胸に収めておく。だから、本当のことを話しちゃくれねえか。俺たちは、作左衛門に首を吊《つ》らせた奴どもを、三尺高い木の上に晒したいだけなんだ」

「……町方と関わるな、というのが、御内儀様の御命令なのでございます」

「暖簾に疵《きず》が付くことを恐れているのだろうが、そんなことにはならねえようにする」

「御約束していただけますか」

「勿論だ」

「分かりました」と佐兵衛が言った。「いつまでも、隠し立てするのは無理でございましょう。女とは、雉子町の料亭で知り合ったそうでございます」

「去年の冬かい」

「よくご存じで」

「そして今年に入って、奴どもは正体を現したんだな？」

「何も彼もご存じのようなので申し上げます。相手の女は旗本の奥様で、主とのことが殿様の知るところとなったとかで、その怒りを抑えるためと称して、金子を求められたのでございます。嘘ではないかと疑いもしましたが、騒ぎになれば《加賀屋》の暖簾のこともございますので、主は長年こつこつと貯めて来た金子を吐き出して、工面したのでございます」

「幾ら払った？」

「三度で、計百五十両と聞いております」

「それでは済まなかったのだな」

「はい。まだ足りないとしつこく言われ、渋っておりますと、弥吉という大層柄の悪い男がお店に怒鳴り込んで来て、金を払えと主を責め立てたのでございます。青くなった主は、思い余って、お店の金子に手を付け弥吉に渡してしまいました。しかし、弥吉はまた来ると申しまして……。結局、この騒ぎは御内儀様の知るところとなり、それはもう大変なお怒りようで、これ以上鐚一文《びたいちもん》払わない、と主に言い渡したのです。その翌朝でした。主が首を括ったのは……」

「……主のことは、小僧の頃から見てまいりました。真面目だけが取り得の方でございました。そんな主の不器用なところに目を付け、罠に掛けた相手が、憎うございます」

佐兵衛が泣き崩れた。振り絞るような泣き声だった。

「女だ。怒りは止められねえよ」

「御内儀様にも、もう少しの配慮が、とも思いましたが……」

「分かった」

奉行所に戻った与兵衛を、妻恋町の自身番に詰めていた店番が待っていた。

「昨夜の方が、宵五ツ（午後八時）を少し過ぎた頃、自身番まで御足労下さいとのことでございます」

「ありがとよ。御苦労だったな」

どこかで茶を飲んでくれ。与兵衛は、店番に一朱金を一枚握らせた。

刻限までには余裕があった。

このところ手抜きをしていた日録を丁寧に書き、寛助らを連れて神田川を渡った。

民は刻限に現れた。

「どうした？　何があった？」

「飛びっ切りの話です」民が指を一本立てた。「いただけます？」

「一分か」

「まさか、一両でございますよ」

悪怯《わるび》れる風もなく、しれっとした顔をして民が言った。

「分かった。一両、出そう」

「小耳に挟んだだけですから、正確ではないかも知れませんが……」民が悪戯っぽく目を寛助の方に泳がせた。「親分の正体、見抜かれましたよ」

「何だと？」寛助が民に詰め寄った。

「そんな怖い顔をしないで下さいな。親切で教えてやっているんですから」

「小耳に挟んだとは、どういうことだ？　話してくれ」与兵衛が責付《せっつ》いた。

「今日になってですが、重吉さんが突然、思い出したぜって他の者に言っていたんですよ」

「重吉って奴を知っているのか」与兵衛が寛助に訊いた。

「昨日言葉を交わした男でやすが、どこかで見られていたのかも知れやせん」

「四年前のあの野郎だ、と言ってましたが……」

それならば、里山伝右衛門の下で走り回っていた頃のことだった。

「動きがあるかも知れねえな」

与兵衛は民に一両与え、知らせてくれた礼を言って帰した。

「どういたしやしょう？」寛助が訊いた。

「寛助が何ゆえ探りに来たのか。その訳を奴どもが、どう考えるか、だ。単に《常盤屋》を調べていただけだと思ったのならば何事も起らねえだろうが、《加賀屋》の線から福に辿り着いたと気付かれると、面倒なことになるかも知れねえな」

「福が危ねえとか……」寛助の声が張り詰めた。

「走るしかあるめえ。福の家に行き、とにかく身柄を押さえちまおう」

「へい」

夜の町を駆け出した。


与兵衛らは昌平橋を渡ると、筋違御門を目の片隅に打ち捨て、柳原通りを東へと直《ひた》走った。

豊島町の福の家が見える辻に着いたのは、五ツ半（午後九時）を過ぎた頃だった。

四人は息を整えながら、家を見た。仄《ほの》かな明かりが灯っていた。

「先ずは、無事のようだな」与兵衛が言った。

「ここで殺されでもしたら、千頭までの糸が切れちまいやすからね」寛助が額の汗を拭った。

「よし、汗を拭くのは後だ。行くぜ」

与兵衛が先に立った。寛助が手拭を帯に挟んだ。

「誰か潜んでいる者がいねえか、辺りをよく見るんだぞ」

米造と新七が右と左に分かれ、探りながら歩いている。

福の住む家まで八間（約一四・六メートル）に迫った時、家の明かりがふっと消えた。と、同時に、物が壊れ、人の倒れるような音がしたかと思うと、障子や板戸が踏み破られる大きな音がした。

「俺たちは裏に回る。寛助、福を頼むぞ」

左手から回れ、と米造と新七に命じて、与兵衛は家の右脇にある路地に駆け込んだ。米造と新七が左脇の路地に飛び込んでいる。暗い。漆《うるし》を流したような闇が続いている。構わずに進んだ。闇の底で何かが動いた。足を止め、闇を見据えた。

「誰だ？　出て来い」

「うるさいね。何刻《なんどき》だと思ってるんだい」

隣家の戸が開き、行灯《あんどん》の灯が斜めに射した。

目の前に黒い影があった。与兵衛は飛び退いて影に目を凝《こ》らした。

影が身を起した。《百まなこ》を付け、黒い角頭巾で髷《まげ》と髱《たぼ》を隠している。

「手前《てめえ》、《百まなこ》か」

「……」

影が身構えた。腰を落し、与兵衛を探るように見ている。手を見た。得物はなく、空だった。

「まさか、こんなところで会おうとは、思わなかったぜ」

与兵衛がじりと詰め寄った時、半町（約五五メートル）程離れたところで、引き攣《つ》ったように呼び子が鳴り、入り乱れた足音と怒声が響いた。新七の声だった。

「何？」

与兵衛が呼気を乱した一瞬を突いて、《百まなこ》が跳ねるようにして向きを変え、駆け出した。剣で鍛えた武家の動きではなかった。喧嘩で磨いた動きであった。《百まなこ》は武家ではない。それは確証となって、与兵衛の心を捉えた。

速かった。路地を知り尽くしているのか、踏み迷う素振りもなく、右に左に折れている。しかし、離されてはいなかった。《百まなこ》の立てる足音がはっきりと聞き取れた。

右に曲った。追った。左に折れた。追った。広い空き地に出た。路地は空き地を中心にして四方に延びている。耳を澄ました。汗が噴き出した。足音はどこからも聞こえて来ない。

（逃げたのか。それとも、どこかに隠れやがったのか……）

唇を噛んでいると、路地の奥の方からひとの来る気配がした。

気配はゆったりとした足取りで、空き地に近付いて来た。

与兵衛は身構えて、気配が姿を現すのを待った。

提灯の明かりが見えた。火袋《ひぶくろ》に町名が記されていた。自身番備え付けの提灯だった。

（町方、か）

提灯が横に流れ、男の姿が仄見えた。着流しに黒っぽい羽織を纏《まと》っている。

「滝村さんではありませんか、私です」

提灯の灯が男に近付いた。男の顔が浮かんだ。中津川悌二郎だった。

「どうして、ここに？」

「何を言っているのです。呼び子を聞き付けたからに決まっているでしょう。吹いたのは、滝村さんではないのですか」

「俺の手の者だ。それより、誰かひとを見なかったか」

言い淀んだのか、考えているのか、一呼吸の後に、いいえ、と中津川が答えた。

「……そうか」

「誰か、追っていたのですか」

「《百まなこ》だ」

「見たのですか」明らかに中津川の声が上ずった。

「見た」

「どんな奴でした」

与兵衛は、《百まなこ》が黒い角頭巾を被《かぶ》っていたことなどを話した。

「この近くに潜んでいるかも知れねえが、俺は手の者に呼ばれている。この辺りの路地を調べちゃくれねえか」

「いいのですか。私が捕まえることになっても」

「構わねえ。俺には手の者の方が大事だ」

「……承知しました」

「見付けたら、呼び子を二度吹いてくれ。逃げられちまったら、この先にある……」

と言って福の家を教えた。そこに来てくれ。

与兵衛が右の路地に、中津川が左の路地に入った。
ひとの気配らしきものは、既に消え果てていた。
《百まなこ》の素早い身のこなしが、眼底に甦った。多分逃げられてしまったのだろう。
悔しさはあったが、どこかで中津川に横取りされなくてよかったという思いもあった。
しかし、己の目で《百まなこ》を見たことで、手応えも感じていた。
(必ず、俺の手で捕えてやる)
与兵衛は走る足に力を込めた。

六

与兵衛は首筋を流れる汗を拭おうともせずに、福の家に戻った。
開け放たれた戸口の中を覗こうと、ひとだかりがしていた。それらの者どもを、自身番に詰めていた大家と店番なのだろう、お調べの邪魔になるからと、家に帰るよう諭《さと》している。

「俺は南町の滝村与兵衛だ。もう少しの辛抱だからな、頼むぜ」

与兵衛は大家どもに声を掛け、家に入った。血潮が濃くにおった。

血の海に、男と女が浸かっていた。弥吉と福であった。ふたりとも、咽喉を横一文字に斬り裂かれている。

手燭を翳《かざ》して神棚や長火鉢の抽出《ひきだし》を探っていた寛助が、与兵衛に気付いて手を止めた。

「呼び子が鳴りやしたが？」

「米造と新七が、ふたりを殺した野郎を追い詰めてたんだ」

「捕えたので？」

「駄目だった。この辺りは路地が多くて、不慣れな者には迷路のようでな。逃げられたそうだ。面《つら》も頬被《ほおかぶ》りされていたんで、分からねえと言っていた」

「ふたりを殺《あや》めた者に間違いないので？」

「大量の返り血を浴びていたそうだ。間違いあるまい。それよりな……」

裏の路地で《百まなこ》に出会《でくわ》したことを話した。

「本当で？」

「奴も弥吉と福の線から、千頭の悪事の証を得ようとしていたんだ。これではっきりしたぜ。奴の狙いは千頭の駒右衛門だ。俺たちが睨んだ通りよ」

「ってえことは、千頭を見張っていれば、《百まなこ》はまた現れると」

「そいつは分からねえ。今夜のことで、奉行所が動いていることは知ったはずだ。となれば、《百まなこ》は動かずに、俺たちが千頭を捕えるかどうか、様子を見ようとするかも知れねえ」一旦言葉を切り、与兵衛は続けて言った。「だが、千頭の悪事を吐かせようとした弥吉と福が殺されちまった」

「殺したのは千頭の手下で？」

「千頭は、奉行所の追及の糸を断ち切るために、尻尾を切ったんだ。そこに《百まなこ》が来合わせたのだろうな。俺たちが聞いた物音は、《百まなこ》と殺しに来た奴とが争っていた音だったんだよ」

「弥吉と福が死んだ今、千頭を捕えることは？」

「ふたりを殺した奴がいる。そいつを捕えて吐かせればいい。駒が替っただけだ」与兵衛が言った。

「返り血を浴びていたんでは、夜道とは言え、大手を振って歩けるとも思えやせん。どこかに着替えを隠しておいたんでしょうかね」

「あるいは、近くに隠れ家を用意しておいたか、堀に飛び込んで洗ったかだな」

「《百まなこ》は、そいつが誰だか知っているんでしょうか」

《百まなこ》の動きが、己らよりも遥かに先を行っているとは思えなかった。

「知らねえ方に賭けようじゃねえか。先にいじくられたくねえからな」

「あっしらも、負けては……」

言い掛けて寛助が、米造と新七が戻っていないことに気付いた。

「走ってもらっている」

福の家を中心にして、ぐるりにある木戸番小屋に行き、五ツ半（午後九時）から町木戸が閉まる夜四ツ（午後十時）までに通った者と見掛けた者の名と風体を、細大漏らさず書き留めて来るように命じたのだった。

「上手く引っ掛かりやしょうか」

迷路のような小路だらけの一角である。木戸番小屋の世話にならずとも町木戸を擦り抜ける方法は、いくらでもあった。だが、だからと言って、何も訊かずに済ませる訳には行かない。どこで誰が何を見ているか、分からないのだ。

「神頼みに近いかも知れねえな……」

戸口の方で、与兵衛を呼ぶ中津川の声がした。歩いて来たのだろう。息に乱れたところはない。足許を確かめながら入って来た。

「駄目でした。逃げられました」

中津川の目がふたつの死体を捉えた。

「《百まなこ》が殺ったのですか」

「違う。奴なら千枚通しを使う」

「だとすると、どうして《百まなこ》がここにいたんです？」

中津川に話し、明日になったら、また占部らに話すのかとうんざりしながら、与兵衛は弥吉と福の関わりから話し始めた。

引き続き抽出を調べていた寛助が、音を上げた。

「何てこった。証になるようなものは、何も残しちゃいやせんや」

「どれ……」

寛助を手伝おうとした中津川に、

「まだ答えてもらっちゃいねえぜ」と与兵衛が言った。「こんな刻限に、あんたがこの近くにいた訳をな」

「言わねばなりませんか」

「言っておくが、たまたまだとか偶然って言葉は、俺は信じねえからな」

「疑っているのですか」

「《百まなこ》だとは思っちゃいねえ。だが、仲間ということは考えられる」

「それでよく、私に《百まなこ》の追跡を任せましたね」

「他に誰もいなかったからだ」

「……参りましたね」中津川が苦く笑って、仕方ありません、と言った。「ひとを訪ねていたんですよ」

「誰だ？」

「昔は柳原《やなぎわら》の親分と言われて、羽振りのよかった岡っ引です。名は……」

「治平《じへい》親分ですかい？」寛助が訊いた。

「知っておったか」

「何を仰しゃいやす。あっしどもが駆け出しの頃は、治平親分と言えば、盗っ人を何人も捕えた腕っこきとして憧れの的でございやした。四十年くらい前に大病されてからは、無理が利かなくなられたと聞いておりやしたが、お元気なので？」寛助が身を乗り出すようにして訊いた。

「寝たり起きたりというところだ。昔のことも切れ切れにしか思い出せないらしい。娘さんとふたりで暮らしている」

「やはり、あの息子とは暮らしていねえんですかい」寛助が与兵衛に、ほら、と言った。「柳原の為三、通称ごみ為ってのが、息子でございやす」

為三が裏のある男で、とても信用出来ないと言われた岡っ引だったことを、与兵衛は思い出した。

「お幾つになられやした？」

「八十三であったかな」

「どうして昼間のうちに行かねえ？」与兵衛が、割って入った。

「そう言われても、昼はお務めがありますしね」

「分かった。《百まなこ》を見たことで気が立っていたのかも知れねえ。嫌な思いをさせて済まなかったな」

「心得ています」

「済まねえ序《つい》でに、治平の住まいを寛助に教えておいてくれねえか。裏を取りになんぞ行きはしねえがな」

「いつか行くと思います。それが滝村さんですよ」

「そうかな」

与兵衛は座敷を出ると、ぼんやりとしている店番を呼んだ。

「何でございましょう？」

「使い立てして済まねえが、奉行所まで走ってくれねえか」

「どっちでしょう？」

北町か南町かと訊いているのである。

「月番に決まっているだろう。北だ」

暫くすれば、北町の当番方の与力と同心が押《お》っ取《と》り刀《がたな》で駆け付けて来るだろう。

与兵衛は、どこまで話そうかと考えながら店番の後ろ姿を見送った。


五月四日。六ツ半（午前七時）。

与兵衛は、昨夜の一件を認《したた》めた書状を三通書き、年番方与力の大熊正右衛門と定廻り同心の占部鉦之輔、そして直属の上役である五十貝五十八郎の屋敷へ、寛助らに届けさせた。

折返し大熊から、直ちに年番方与力の詰所に集まるよう通達があった。

与力の出仕の刻限は、昼四ツ（午前十時）である。一刻（二時間）近くも前に出仕しようと言うのである。興奮している様が目に見えるようだった。

「さすれば、腹を満たしておくか」

与兵衛は好物の茄子《なす》の味噌汁で、飯を二膳食べた。

「明日もまた、茄子の味噌汁で頼むぞ」

「はい」

多岐代の顔がほころんだ。

茄子を四つに切り、さっと油に潜らせてから味噌汁に入れる。生の茄子で作った味噌汁とは、こくが違った。多岐代が榎本の家から持ち込んだ味だった。

豪は、殊更《ことさら》しかつめらしい顔で箸《はし》を運んでいたが、揚《あ》げた茄子の味噌汁を啜《すす》る度に、正座した足のつま先をぴくぴくさせている。この味が好きなのだ。嬉しさを隠そうとしているのだろうが、誤魔化《ごまか》し切れていない。与兵衛は、ふとおかしくなった。

「明日の食事のことを、今言うのですか。意地汚い。それが、これからお勤めに出ようという者の言葉ですか」

豪の小言も、気にならなかった。

非番なので、奉行所の大門は閉じられている。潜り戸を通り、高積見廻りの詰所に入った。五十貝が待ち構えていた。

「見たのか」

「はい」

「そうか。ついに、見たか」

五十貝の高揚に煽られて、塚越が膝で与兵衛の脇に、にじり寄って来た。

「行くぞ」

塚越が口を開く前に、五十貝が与兵衛に言った。

「大熊様がお待ち兼ねだ」

年番方与力の詰所には、既に占部も着座していた。

与兵衛は、《百まなこ》を探す一方で、加賀屋作左衛門自害の一件が千頭の駒右衛門に関わりありと見て、占部の許しを得、密かに調べていたことを説き、《百まなこ》に話を戻した。

「まったく正体の分からない《百まなこ》を捕えるには、どうしたらよいのか。これまでに殺された、四人の悪行を調べ直すことから始めました。何ゆえ、あの四人が《百まなこ》に選ばれたかが、よく分からなかったからです。その結果、共通の悪行に手を染めていたのが判明いたしました。岡場所に女を売るとか、陰で淫売宿を営むとか、女に絡む非道を行っていたということでした。そのことから、次に狙われるのは、千頭の駒右衛門ではないか、と絞り込んでいたところ、私が調べていることに気付いた千頭が、手足のように使っていた配下の福と弥吉を口封じのために殺したのです」

「そこに」と占部が言った。「《百まなこ》が現れたのだな」

「《百まなこ》は、千頭を殺す前に、悪行が事実なのかどうか、調べていたものと推量されます」

「念の入った奴だのう」大熊が言った。

「まさに」五十貝が同調して見せた。

「で、その《百まなこ》だが、気付いたことを話してくれぬか」大熊だった。

「武家ではないかという意見も耳にいたしましたが、私の見たところ、武家ではなく、町屋に暮らす、身のこなしの軽やかな男だと思われます」

「武家でないと、何ゆえ言える？」

「腰の位置と入り方が違いました。剣ではなく、匕首《あいくち》で戦う者が見せる、引いたような腰使いをしておりました」

「年の頃は？」

「はっきりとは申し上げられませんが、三十あるいは四十以上かと」

「もそっと若いとは考えられぬのか」

「きびきびとした職人を思わせる動きからは、若さよりも熟練したものを感じました」

「これからも千頭を狙うと思うか」

「それは偏《ひとえ》に、我々の探索に懸かっていると思われます。我々が千頭を捕えるに足る証を摑むことが出来れば、《百まなこ》は現れないでしょうし、我々が手をこまねいていれば、《百まなこ》は殺しに掛かる、と思われます」

「まるで《百まなこ》に試されているようではないか」

大熊が憤然《ふんぜん》として言った。

「それが《百まなこ》の真の狙いかも知れません」

「どう言うことだ?」占部が訊いた。

「悪を野放しにするな、と叫んでいるのでしょう」

「小面憎《こづらにく》い奴よの……」大熊が腕組みをして、小さく唸った。

「して、北町には、何と言ったのだ?」占部が訊いた。

「比丘尼横町の調べに来たら、事件が起ったと」

「信じておったか」

「はい」

「それは重畳《ちょうじょう》だな」

「これからで、ございますが、引き続き千頭を追っても、よろしゅうございましょうか。《百まなこ》に繋がる確たる手掛かりがない今、千頭を追うのが《百まなこ》に辿り着く一番の近道と考えますので」

「好きにやるがよい。《百まなこ》を見たのは、四年前の老婆以来のことだからな。其の方に任せる」大熊が言った。

「ありがとう存じます」

低頭した与兵衛の肩を、五十貝が軽く叩いた。与兵衛は五十貝に会釈で応えた。

「福と弥吉を殺めた者だが、何か手掛かりは？」占部が言った。

「申し遅れました。手の者を四囲の木戸番小屋に走らせたところ、小泉《こいずみ》町の木戸番がずぶ濡れの男を見ておりました」

「血糊を洗ったのか」

「恐らく、目の前のお玉が池に飛び込み、洗い流したかと」

「顔は？」

「背《そむ》けていたそうで、僅かに横顔が見えたくらいだったと聞いております」

「似顔絵は、どうだ、描けるか」

「無理のようです」

「千頭の身内に」と言って、占部が顎の先を掻きながら言った。「ひとりで、ふたりの者の咽喉を掻き斬るような、そんな危ねえのがいたかな?」

即答出来る程、千頭の子分に詳しくはなかった。弥吉のように、絶えず走り使いをさせられている者の顔ならば分かっていたが、もし始末を専《もっぱ》らとする者がいるとすれば、それが誰だか、大至急調べなければならない。

その道に詳しい者は、と考え、ひとりの男の顔が浮かんだ。

「遠からず、捕えて御覧に入れます」

言い切った与兵衛の顔を、皆が見詰めた。

第五章《はぐれ》の仙蔵《せんぞう》

一

五月四日。昼四ツ（午前十時）。

与兵衛は朝吉と寛助らをともない、柳橋北詰平右衛門町の船宿《川端屋》を訪ね、舟をしつらえさせた。

「船頭だが、余市というとっつぁんが手隙《てすき》なら頼めるかい？」

八丁堀の頼みである。番頭が、船頭の溜まり場へすっ飛んで行った。

間もなくして、番頭が余市を連れて現れた。既に酒が入っているらしい。余市の瞼がどんよりと重い。その重そうな瞼をこじ開けた余市の顔が弾けた。

「これは、旦那。その節は、どうも」片手で拝むような仕種をした。

「おう、とっつぁん、覚えていてくれたか。あの時は世話になったな。助かったぜ」

「こっちこそ、御馳《ごち》になりました」

「また頼むぜ」

「任せておくんなさい」

余市は軽い足取りで、舟の舫《もやい》を解いた。

小気味よく艪《ろ》が撓《しな》っている。肌に当る川風が違った。四月の中頃に乗ってから、僅か二十日ばかりしか経っていないが、肌に当る川風が違った。梅雨が近いことを教えてくれている。

「雨になると、大変だな」与兵衛が余市に言った。

「何を仰しゃいます。旦那、雨の大川ってのも風情があっていいもんでございますよ」

「とっつぁんは、大川が好きなんだな」

「旦那、川の嫌いな船頭はおりませんや」

「違えねえ」

心付けを余分に払い、舟を下りた。吾妻橋の西詰は浅草寺に詣でるひとで溢れていた。

与兵衛らは大川沿いに北へ向かい、花川戸町に入った。

どのみち、元締の承右衛門は囲っている女の家にいるのだろうとは思ったが、先ずは表の稼業である口入屋《川口屋》を訪ねた。

番頭の右吉が、無精髭《ぶしょうひげ》を伸ばしている男に、請状《うけじょう》を指先で突つきながら説教を垂《た》れていた。

「お前さんとは古い付き合いだから、もう一度だけ勤め先の世話をする。だがな、今度途中でふけてみな。命の保証はしねえからな」

右吉は、再び請状を叩くと男に渡した。

請状は、口入屋が発行する保証書で、斡旋《あっせん》した者が斡旋先に損害を与えた場合は、口入屋が損害を補償するという内容を認《したた》めたものだった。

男は右吉に斡旋の礼金を支払うと、二度三度と頭を下げて店を出て行った。

「命の保証はしねえとは、俺たちの目の前でよく言ってくれたな」与兵衛が座り込みながら言った。

「あれぐらい脅さないと、言うことを聞かないのでございますよ」

右吉は台帳に素早く男の名と金額を書き付け、礼金を箱に仕舞うと、膝を送って来た。

「今日は何の御用で？」

「元締に会いに来たんだ。取り次いでくれねえか」

「山谷橋の方へは？」右吉が訊いた。

端《はな》から行くのは何だから、気を利かせたのだ、と与兵衛は話した。

「では、誰か案内させましょう」

右吉は手を叩いて若い者を呼ぶと、ひとりを先に走らせ、もうひとりに送るよう言い付けた。

「邪魔したな」

「いいえ。前の時よりお静かでございました」

「そうだったかい」

山谷橋を越えた新鳥越町《しんとりごえ》に弓という承右衛門の女の家があった。

先に行っていた男が、木戸門の前に立ち、通りの様子を窺っていた。与兵衛らに気付くと男は門に駆け込んだ。

承右衛門が、用心棒の浪人ともども玄関口で待ち受けていた。

「このようにむさいところに二度までも、随分と物好きな旦那でございますな」

「上がらせてもらってもよいかな」

「断ったら、どうなさいます？」

「また来よう」

承右衛門は、すっと身を引き、上がるよう手で示した。与兵衛は寛助らを残して、ひとりで家に上がった。

板廊下を歩きながら、左右の座敷を見たが、弓の姿はなかった。

「色の滅法《めっぽう》白いのが見えねえが、どうしたい？」

「風呂ですよ。磨きに行かせました」

「あれ以上白くしようってのかい」

「いけませんか」

「そいつは強欲ってもんだぜ」

承右衛門が気持ちよさそうに笑った。奥の座敷に入り、長火鉢を挟んで向かい合わせに座った。

「何を」と承右衛門が言った。「お知りになりたいのでございます？」

「千頭の駒右衛門のことだ」

「お話し出来る程のことは、知りませんが」

「大した話じゃねえ、奴が殺しの請け人を飼っているかどうかを知りたいだけだ」

承右衛門は、腕組みをすると、斜め下から掬《すく》い上げるようにして与兵衛を見た。

「旦那は、よくよく勘違いをなさる御方でございますね。私どもは、真っ当な者。そのようなことは存じません」

「お前さんも千頭も、元締と呼ばれる者同士だ。何か耳に入って来るだろう」

「確かに、噂話程度でしたら、聞いたことがございますが」

「どんな小さなことでもいいんだ。教えちゃくれねえか」

「例えば、咽喉を掻っ斬る癖のある男について知りたいとか」承右衛門が与兵衛を見詰めた。

「耳が早えな」

「でなければ、この渡世はやって行けませんでございますよ」

「噂話で構わねえ。その男の名は分かるのかい?」

「鎌鼬《かまいたち》と呼ばれている男で、名は重吉と申します。千頭のところに四年程前から草鞋を脱いでいると聞き及んでおります」

《常磐屋》の仲居・民の口から出た男の名だった。

「旦那方と違い、寝首を掻かれるのは私どもでございますから、そういう男がいるという噂があれば、調べておくのですよ」

「借りが出来ちまったな」

「まだ済んではおりません。旦那、私どもには骨の髄《ずい》までしゃぶるという言葉がございます」

「何が言いたいのだ？」

「訊く時は、骨の髄まで訊かなくてはなりません。重吉には悪癖がございます」

「それは、何だ？」

博打好きですよ、と承右衛門が言った。

「毎日って訳ではございませんが、」大身旗本家の中間部屋に入り浸っているという噂です」

「どこの御屋敷だか、ものの序でに教えてくれぬか」

「そうです。そうやって全部吐き出させるのでございます」

承右衛門は、旗本屋敷の名をふたつ挙げた。佐伯能登守《さえきのとのかみ》と今泉備中守《いまいずみびっちゅうのかみ》であった。

両家の屋敷は、神田橋御門と昌平橋を結ぶ南北の線上にあった。

早速にも、米造と新七を賭場に潜り込ませようと思ったが、福と弥吉を殺したのが重吉であるならば、米造と新七の顔は見覚えられているかも知れない。危ない橋を渡らせることは出来なかった。

「ありがとよ。これ以上甘えると、後が怖いのでな」

「もうよろしいので」

「また何かあったら来るからな」

「やれやれ、と申し上げておきましょうか」

承右衛門は、機嫌よく笑うと廊下に控えていた若い者を呼んだ。

「お帰りだ」


与兵衛らは、与兵衛と寛助、米造と新七の二組に分かれ、佐伯能登守と今泉備中守の屋敷の大門をそれぞれ見渡せる辻番所で見張ることにした。

辻番所は武家地の辻に設置された番所で、初めの頃は武家が詰めていたが、次第に町屋の者が運営を任されるようになり、文化年間に至っては、賃金の低い高齢者の働き口になっていた。

茶を啜り、無駄話に興じていた辻番の老人らは、与兵衛らが見張りに付いたため、俄《にわか》に顔を引き締めている。

寛助が、米造と新七に重吉の特徴を教えた。

――話だけでも、福と弥吉を殺した頰被りの奴と似ておりやすね。

米造の言葉に新七が頷いた。

予断は禁物だ。目ン玉ひん剝《む》いて、よっく見て判断しろ。与兵衛が常に無い荒い口調で言って二手に分かれてから、既に半刻（一時間）が経つ。

与兵衛と寛助は、佐伯能登守の屋敷に近い辻番所にいた。

「あの承右衛門が、よく話してくれやしたね」

「手前《てめえ》の命を守るためだ。物騒なのは、御上の手で消させちまおうって魂胆《こんたん》だよ」

「成程《なるほど》」

相手の腹を読んで、上手いこと聞き出すなんざ、滝与の旦那もいっぱしの悪ですねえ。寛助が唸って見せた。

更に一刻（二時間）が過ぎた。

今泉備中守の屋敷近くの辻番所に行かせた米造と新七には、最長二刻（四時間）まで言ってある。二刻待っても現れないようならば、それ以上待っても無駄と踏んだのだ。

「今日は、外れのようだな」

「そのようでございやすね」湯飲みを返そうと、寛助が立ち上がった。

「誰か走って来る者がおります」表に立っていた辻番が駆け込んで来た。

「着物の柄は？」寛助が辻番に訊いた。

「さ、そこまでは……」

「どれ、あっしが見るとしやすか」

寛助が辻番所から出るのと、米造が駆け込んで来るのが同時だった。

「来たか」

「へい」

「滝与の旦那」

「聞こえた。行くぜ」

「合点でさ」

新七が居残っている辻番所へと急いだ。

「まだ動きはございやせん」新七が言った。

「今来たばかりだろうが。動きがあってたまるかよ」

寛助が威勢良く叫んだが、賽子の目がよく出ているのか、なかなか重吉は姿を現さなかった。

待った。焦《じ》れる心を騙《だま》しながら、待ち続けた。半刻が経った。

「見間違いじゃねえだろうな？」寛助が米造に訊いた。

「多分、間違いないと……」

「多分だと」寛助が眉を吊り上げた。

「止《よ》せ」与兵衛が静かに言《い》った。「米造の目を信じるんだ」

再び半刻余が過ぎた。遠く、道の先まで見えていた武家屋敷の白壁が、闇の中に沈もうとしている。辻番所の老人が、常夜灯の灯を点《とも》しに行き、戻って来た。

屋敷の中に重吉がいると思わなければ、疾《と》うに我慢の切れている刻限だった。

「何をしてやがんでしょうね」寛助が苛立《いらだ》って声を上げた。

「長過ぎやすね……」米造の声が小さい。自信が揺らいでいるのだろう。

「酒だ」と与兵衛が言った。「酒を嘗めるようにして、飲んでいるのだ。俺たちも、後で鱈腹《たらふく》、美味い酒を飲んでやろうぜ」

寛助らが弱々しく歯を覗かせた時、今泉家の潜り戸が開き、男が出て来た。

通りの左右を見渡し、辻番所に目を留めてから、細身の身体を夕闇に滑り込ませるようにして歩き出した。

「重吉でございやす」米造が言った。

「間違いありやせん」寛助が頷いた。

「よっく見ろ。福と弥吉を殺めた奴か」与兵衛が米造と新七に訊いた。

「背格好は、あの時の頬被り野郎と似ているのですが、もうひとつ確信が持てやせん」米造が言った。

「申し訳ありやせん。あっしもで」新七が答えた。

「取っ捕まえて吐かすしかねえようだな」

重吉との間合は半町あった。追い掛け、御縄にするには開き過ぎていた。もっと間合を詰め、逃げ切れぬと踏んだところで取り囲みたかった。

「よし、気付かれねえように近付こうぜ」

だが、武家屋敷が建ち並んでいる小路のため、身を隠す場所がない。

「しょうがねえな。町屋に出るまでは、この間合で行くか」

半町の間合を保ち、壁に張り付くようにして尾けた。


「滝与の旦那」

寛助が言いたいことは分かった。間合が詰まっていない。これでは、町屋に入られてしまう。四軒《しけん》町、その先は雉子町。《三名戸屋》に逃げ込まれたのでは、元も子もない。

「米造に新七。ここはお前らに頼むしかねえ。間合を詰めてくれ。俺と寛助は、音を立てねえよう用心しながら付いて行く」

「心得やした」

米造と新七はするすると歩み出ると、腰を屈めて早足になった。ふたりの遥か前方に重吉の後ろ姿があった。懐手をしているのだろう。両袖が躍っている。

「……いけねえな」寛助の口が、小さく開いた。

「何だ？　言ってみろ」

「あの野郎、あっしどもに気付いておりやす」

「どうして分かる？」

「勘でございやすが、ここまでただの一度も振り向こうともしないのは、おかしかありやせんか」

「……」

もう二〇間（三六メートル）も歩けば、武家屋敷は尽き、町屋に出る。重吉は、逃げられると確信が持てるまで気付かぬ振りをして間合を保とうとしているのか。

「詰めるぞ」

与兵衛と寛助が足を速めた。押されるようにして米造と新七が、前に出た。

その瞬間、重吉の両袖から腕が伸び、足が地を蹴った。臑《すね》を跳ね上げ、弾むような調子で駆けて行く。

「あいつだ」と米造が叫んだ。「あれは間違いなく、福と弥吉を殺した奴の走りだ」

米造と新七が重吉の後を追い、町屋の家並みに消えた。

与兵衛と寛助は見当を付けて走り続けた。

(どっちだ?)

辻に立ち、四囲を見回していると、東の方で呼び子が鳴った。近い。与兵衛と寛助が駆け付けると、米造と新七がいた。

「どうした?」

問われたふたりが堀の向こう側を指さした。

ひとが争っていた。ひとりは重吉だった。

「相手は誰だ?」

与兵衛が訊くのを待っていたかのように、相手の男が顔を向けた。《百まなこ》を付けていた。

「ぼやぼやするな。挟み込むぞ」

与兵衛らは左右に別れて、堀沿いに走った。

重吉が匕首《あいくち》を構えた。《百まなこ》は僅かに身を退くと、右手を懐に入れた。重吉の右足が踏み出そうと、宙に浮いた。その瞬間を狙って、《百まなこ》が懐から取り出した風呂敷を重吉に投げ付けた。風呂敷が広がり、重吉の視界が塞がれた。と、同時に、踏み込んだ《百まなこ》が、左手に持った千枚通しを風呂敷越しに重吉の肩口に突き立てた。重吉の手から匕首が落ちた。

「あれは……《花陰》」

五十貝が掏摸に十手で突きを入れた時と同じ動きだった。どうして、《百まなこ》が五十貝と同じ技を使うのか。

思わず与兵衛の足が止まった。

重吉が抗《あらが》っている。手を振り回した。その手が《百まなこ》の顔に当り、面を毟《むし》り取った。重吉が何事か喚いた。《百まなこ》の腕がきらめき、重吉の心の臓を突いた。重吉が崩れ落ちた。

袖で顔を隠しながら、《百まなこ》が背後の闇の中に駆け込んで行った。不意に、空咳が聞こえた。布で口を覆ったような、籠った音だった。どの方角から聞こえて来たのか。《百まなこ》が逃げて行った方角から聞こえて来たのか。分からなかった。

だが、その音は、確かに与兵衛の耳に残った。

二

五月五日。朝五ツ（午前八時）。

滝村与兵衛の姿は、定廻り同心の詰所にあった。

「鎌鼬の重吉」占部鉦之輔が傍らに広げた懐紙に書き付けた。「福と弥吉を殺めたこの者が、《百まなこ》に殺されたのだな……」

「《百まなこ》は、殺さずに取り押さえようとしていたかに見えましたが、重吉に《百まなこ》の面を取られ、顔を見られたがゆえに、始末したやに見受けられました」

「お前は、顔を見たのか」

「袖で隠されてしまい、見ることは叶いませんでした」

「惜しいことをしたな」占部は、筆を擱《お》き、腕を組んだ。「二度までも出会《でくわ》すとはの。昨夜の一件で、《百まなこ》は、奉行所が重吉を追っていたことを知った。その重吉を、奴は手に掛けちまった訳だが、この後は用心して現れぬかも知れぬな。奉行所のお手並み拝見といったところだろう。それに、千頭も身辺を更に固めるだろうしな。これで、振り出しか」

「いいえ。そのようには思うておりません」

「どう言うことだ？　また現れるとでも言いたいのか」

「それは分かりませんが、《百まなこ》の正体は、おぼろげながら見えて来ました。逃がすものではございません」

「誰だ？　誰が《百まなこ》なのだ？」

「証を得るまで、今暫く、お待ち下さい」

占部は、与兵衛の目を見遣ると、分かった、と言った。

「待とう」

「千頭の駒右衛門ですが」

「重吉に死なれては、捕えるのは難しいか」

「《常磐屋》の仲居・民を使い、寛助らに生き証人を探させるつもりでございます」

「勝算《しようさん》は？」

「ない勝負はいたしません」

言い切りはしたが、民はこの月の十日で《常磐屋》を辞めてしまう。残されている日数は今日を入れても六日しかない。

「頼もしい限りだが、無茶はいたすな」

「はっ」

占部に大熊正右衛門への伝声を頼み、与兵衛は、高積見廻りの詰所に戻りながら、中間の朝吉を呼んだ。朝吉は直ぐに駆け付けて来た。

「寛助らが来ている頃だ。いたら連れて来てくれ」

朝吉が岡っ引の控所へと走って行った。今は非番の月なので、大門前の腰掛茶屋は開いていない。与兵衛は、その間に高積見廻りの詰所を覗いたが、塚越丙太郎は既に端午の節句の見回りに出掛けてしまっていた。隣の詰所にいた者が、五十貝五十八郎が出仕していると教えてくれた。探してみよう。答えていると、寛助らが現れた。

「今日から二手に分かれる。俺は朝吉を連れて、《百まなこ》を追うからお前らは仲居の民に訳を言い、福と弥吉の餌食《えじき》になった奴を探してくれ」

「伏見屋菊右衛門は、どういたしますか」

「まだ強請られるところまで話は進んじゃいねえだろうから、訊いても無駄だろうぜ」

「遊び得ですか」

「そんな奴もいるもんだ」

「ところで、民ですが、咽喉鳴らしやがったら、幾らまで出して下さいやす?」

「一両だ」与兵衛は懐から小判を一枚取り出し、寛助に渡した。

「お預かりいたしやした」寛助は素早く袖《そで》に仕舞うと、訊いた。「《百まなこ》を追うって、何か手掛かりがあったんですかい？」

「まだ手掛かりなのかも分からねえんだ。もう少し固まったら話してやるからな」

「楽しみにしておりやす。では」

寛助らは、民が《常磐屋》に行く前に頼み込もうと、駆け出して行った。

与兵衛は五十貝を捜したが、奉行所内にはいなかった。ふたりで手分けして市中を見回っているのだろう。

（早く《百まなこ》と千頭の片を付けなければ……）

五十貝にも訊きたいことがあったのだが後に回し、医師・安野洞庵を訪ねることにした。昨夜《百まなこ》が去った後に聞こえた空咳が気になっていた。《百まなこ》が発したという確証はなかったが、あれに似た咳に聞き覚えがあった。

仙蔵だった。

空咳をしたのが《百まなこ》だったとすると、その正体は仙蔵、ということになる。仮に仙蔵だとして、果して仙蔵に殺しの技があるのだろうか。十手持ちを生業《なりわい》とする仙蔵が、捕縛を考えず、殺しに走る理由があるのだろうか。

百歩譲って、仙蔵は近くにいただけだ、とする。ならば、恐らく《百まなこ》を追って行ったはずだ。その結果はどうなったのか。

捕えたという話も、捕えそこねた、という話も聞こえて来ない。それ以前に、あの場にどうして仙蔵が居合わせることが出来たのか。ひょっとしたら、自分たちの動きを仙蔵に見張られていたのだろうか。

(どうなっているんだ……)

つぶやきを溝《みぞ》に吐き捨て、三河町の安野洞庵の家へと急いだ。

診療の順番を待っている患者が三人いた。終るのを待ち、尋ねた。

「洞庵殿は、岡っ引の仙蔵と親しいようですが」

「親しくはない。あの男が、親しい者を作ると思いますか」

「《加賀屋》の作左衛門が首を括《くく》った時のことですが、洞庵殿と仙蔵が話しているのを見て、古くからの付き合いだと感じたのですが、見誤りでしょうか」

「あの時は、確か二言か三言しか話していなかったと思いますが」

「そんなものだったでしょうな。仙蔵が顔を背《そむ》けるようにして離れて行ったので、妙に思ったのです」

「よく見ておられましたな。仙蔵は私の患者です」

「どこが悪いのですか」

「言えませんな」

「胸ですか」洞庵の返事を無視して訊いた。

「空咳をしているようですが」

「申し訳ないが、当人の許しがなくば、お教え出来ません」

「では、何年前から診ているか、教えていただけますか」

「もう、五年になりますか」

「仙蔵の方から診てくれと言って来たのか、それとも洞庵殿が来いと仰しゃったのか、どちらです？」

「仙蔵が来たのです。俺の身体はどうなっているんだ、と言ってね」

「あの咳は、その頃から？」

「五年前は、咳はしていなかったと思います……」

「それは、その後ひどくなった、ということで？」

「かも知れませんな」

「同じような咳をする者は、結構いるのでしょうか」

洞庵が小さく首を横に振った。

「いても、出歩くことはせず、家の中で凝《じ》っとしていると思います」

「走ることは？」

「出来ないはずですが、仙蔵は走っているようですし。出来ぬ、と言い切ることは出来ませんな」

「参考になりました。もしかすると、また来ることになるかも知れません。その時は、もう少し答えてもらいますので」

間もなく四ツ半（午前十一時）になろうとしていた。

五十貝が朝の見回りから戻っているかも知れない。奉行所に戻ることにした。

五十貝は、既に四半刻（三十分）前に戻っていた。

与力の詰所に行き、内々でお話が、と五十貝を誘い、高積見廻りの詰所に場を移した。

「何用だ？　改まって」

「《花陰》についてお尋ねしたいことがございます」

「……ほお。その名を知っている者も少なくなったと思っていたが、何だ？」

「四月十七日、東照神君の御命日の日でございます。連雀町で掏摸を御縄に掛けられましたが、その時に《花陰》をお使いになられました」

「見ていたのか」

「はい。剣の腕はさっぱりだ、と仰しゃっていたのに、あまりにも鮮やかなお手並みで驚き入りました」

「昔、習ったのだ。同心に笑われまい、とな」

五十貝が照れたように月代を掻いた。その技を《百まなこ》が使っていることを知らないのだ。

「椿山の先代に学ばれた、と聞き及んでおります」

「よく知っているな。その通りだ」

「何年前になりますか」

「三十五年にはなろうか。まだ私は、本勤並《ほんづとめなみ》であった」

「他にはどなたが習われたのですか」

ふたりの同心の名を挙げたが、ふたりとも故人であった。

「私が最後の弟子らしい」

「岡っ引で習っていた者は?」

「椿山さんは、岡っ引というものをあまり信用していなかったから、教えてはいないはずだ」だが、と言って、五十貝は与兵衛を見据えた。「見ていた者は、あった……」

「誰なんです？」

「何ゆえ、そうしつこく訊くのだ？　訳でもあるのか」

「《百まなこ》が《花陰》を使って、殺しをしているからです」

「何？　実《まこと》か、与兵衛。其の方、己が目で見たのか」

鎌鼬の重吉が殺されるところを目撃した件を話して聞かせた。

「《花陰》に相違ない」

「では、誰が見ていたか、話していただけますね」

「柳原の治平だ。治平は、椿山の先代に手札をもらっていたのだ」

「治平は、もう年です。《百まなこ》とは考えられません。五十貝さんが習っていた三十五年前に、十代の半ば、十五歳か、それ以下の年頃の者だったはずです」

「覚えがないな。治平の下っ引でも、もっと年だからな。分からぬな」

「誰か、その頃のことを覚えておられる方はいらっしゃいませんか」

「椿山さんに娘がいたが、覚えていようか。当時、九ツか十であった」

「例繰方の？」

「御新造だ」

椿山の先代の娘は、三十五年前に九ツか十とすると、とうに四十は越えている。例繰方の椿山は、確か、まだ四十にはなっていなかったはずだ。疑念が顔に浮いたのだろう、五十貝が言った。

「年上だ。寿命を考えると、それくらいの方がよいのだぞ。何を隠そう、私のところも年上だ」

「そうだったのですか」

「塚越には言うなよ。あいつは、口が軽いからな。どんな尾鰭《おひれ》をつけて触れ回るか分からん」

「はい」

例繰方に椿山を訪ね、御新造に訊きたいことがあるので、帰りに同道させてくれるよう頼んだ。椿山の先代の弟子筋について、訊きたいのだ、と言うと、大きな目玉をくりくりと動かして、古いことはよく覚えておりますので御安心を、と言って執務に戻ってしまった。

夕七ツ（午後四時）、例繰方の文机にしがみついていた椿山の手を取り、引き摺るようにして組屋敷へ向かった。

「そんなに慌てなくても、逃げませんよ」

「御新造は逃げなくても、殺しの下手人は逃げるかも知れないのですよ」

「それは、そうですね」

椿山の足が速くなった。椿山の屋敷は、八丁堀の組屋敷の中程にあった。

一足先に玄関に入った椿山が、御新造に与兵衛の来意を告げている。

「お待たせをいたしました」

椿山の御新造が、膝に手を乗せ、何でも問うように、と言った。

「先代の椿山さんが、与力や同心の方々に捕縛術の稽古を付けておられたのを、覚えておいでてでしょうか」

「はい。多い時は三人くらい、習っておられました」

「三十五年前の話です。今、与力を務めておられる五十貝さんたちを最後に、稽古を付けなくなられたそうですが」

「心の臓を患いまして、医者に止められたのでございます」

「その時、失礼ですが、御新造はお幾つでしたか」

「十歳ぐらいかと」

「思い出していただきたいのは、ここからです。その頃、岡っ引や下っ引に稽古は付けていなかった。そうですね」

「はい。役目柄手足として使ってはいましたが、父は岡っ引が嫌いでしたので」

「では、稽古をつけていただいた者の中に子供はおりませんでしたか。当時、十三、四だと思うのですが」

「子供、ですか。子供に教えたことはなかったかと」

「いたはずなのです。稽古をつけていただいたのか、それとも、稽古を見ていたか。御屋敷の隅にでも、そんな子供がおりませんでしたか」

「隅、ですか……」

「そうです」

なおも、口数を費そうとした与兵衛を、椿山が手で制した。

「今、思い出しているところです。少しお静かに」

「……」

与兵衛は黙って御新造を見守った。目を閉じ、俯《うつむ》いたまま、こめかみを指先で突いた。今度は指の腹で、ぐりぐりと揉んでいる。そのまま、凝っとしていたが、突然目を開けると、「いました」と言って、両の掌を打ち合わせた。

「親分を迎えに来た下っ引のひとの子供だと思います。身動きひとつせずに、怖いような目で見ていました。柳原の治平親分のところのひとです」

「よく思い出して下さいました」

「でも、見ていただけで、習ってはおりませんでしたが」

「真剣に見ていれば、覚える。そんなものです」

言ってから、以前、誰かに似たようなことを言ったような気がしたが、誰に言ったかは思い出せなかった。

三

与兵衛は柳原の治平の家を訪ねようとして、住まいを寛助から聞いていないことに気が付いた。

「ごみ為に訊くしかねえか」

治平の倅・為三に案内させることにした。

為三は、女房にやらせている豊島町の矢場の二階にいた。矢返しの女に呼んで来るように言うと、さも億劫《おっくう》そうに立ち上がり、裏へ回った。

待つ間もなく、為三が腰を屈めながら現れた。

「何でございやしょう?……」悪さばかりしているためなのだろう、何を訊かれるのか、と微《かす》かに怯えている。

「親父さんに用がある。連れてっちゃくれねえか」

己ではない。余裕が、為三の身体と口の動きを滑らかにさせた。

「親父の奴、何かしやしたか」

「する訳ねえだろ。お前とは違う」

治平の住まいは、福の家から直線で一町（約一〇九メートル）程のところにあった。

中津川が言っていたように、治平は為三の姉とふたりで暮らしていた。為三が道すがら語ったところによると、姉の名は光《みつ》と言い、一度も嫁がずに家にいるらしい。

「立ち入ったことを訊くようだが、何か訳でもあるのかい」

「こっちが訊きてえくらいでございやす。随分といい話もあったんですが、一度も首を縦に振りやがらなかったんで」

「誰か想っているのがいるんじゃねえのか」与兵衛が訊いた。

「それにしちゃあ、長過ぎやすよ。大概三年も経ちゃあ冷めるもんでしょう」

「そうだな」

姉の光も細身だったが、年老いてからの大病は身体に応えたようで、治平は枯れた古木のように見えた。

与兵衛は名乗り、不意の訪問を詫びた。暮れ六ツ（午後六時）近くになっていた。初めての者を訪ねる刻限ではなかった。

「お気になすっちゃいけやせん。あっしどもにとっては、今頃はまだ昼間の勘定でございやす」

「そう言ってくれると、助かるぜ」与兵衛は、身を乗り出した。「用ってのはな。是非とも柳原の親分に思い出してほしいことがあるんだ」

「何でございやしょう？」

「今から三十五年程前になる。椿山の先代が、組屋敷の庭で同心たち相手に捕縛術を教えていただろう？」

「覚えておりやす。人数は少なかったですが、皆一所懸命になさっておりやしたね」

「そうかい」

覚えているじゃねえか。与兵衛は、腹の中で中津川に悪態を吐いた。

「その時のことを、椿山の家で聞いて来たんだが、お前さんの下っ引んとこの子供が、稽古をよく見ていたらしいんだな。覚えているかい？」

「しっかりと覚えておりやす。その子供のことも、父親《てておや》のこともね。思い出したくもありやせんが、下っ引に貞八《さだはち》ってのがおりやした。あっしの身体が利かなくなったもので、下っ引どもには手前の裁量で動くようにさせていたんでやすが、それをいいことに、引合を抜くだけでなく、いろいろと悪さをしまして、そいつがひとを刺したんでございやすよ」

「それが、子供の父親か」

「へい」治平は、光が差し出した手拭で口許を拭うと、続けた。「十手持ちが牢屋に入ったら、どんな目に遭うか。旦那はよっくご存じでやすよね。糞を口に押し込まれて、殺されるのが相場でございやす。それで奴は、江戸を売りやがったんでございやす」

「子供はどうした？」

「置き去りにしやした。餓鬼の名は、松吉《まつきち》。一本気で、曲ったことの嫌いな、真っ直ぐ育てば、いい岡っ引になった子でした」

「でしたって、その松吉って子は？」

「いなくなったんでございやす。親を追って、十三、四の餓鬼が江戸を飛び出したんでございやすよ。銭も持たずにね。それからの消息は聞いちゃおりやせん」

「母親ってのは、いなかったのかい？」

「松吉を産み落すと直ぐに亡くなったと聞いておりやす」

「今、松吉を見たら、分かると思うか」

「三十五年の歳月は長《なご》うございやすよ。大店の子に生まれ、何の不足もなく育ったのなら、面差しに名残もございやしょうが、十三、四でひとり世間に飛び出した餓鬼に吹く風は厳しゅうございやすからね。多分、面差しも変っていることでしょうよ」

「かも知れねえな」

「あの松吉が、どうしたんで？　まさか、生きているんでございやすか？」

「いや、そいつが松吉かどうかは、まだ分かっちゃいねえんだ」

「もし松吉だったら……」治平が言葉を切って、搔巻の袖を摑んだ。

「何か言うことでもあるのか」

「ひとつ訊いてもらいたいんで」

「何をだ？」

「父親ですよ。貞八とは会えたのか。それだけ、それだけで結構でございやす」

「分かった。遅くに済まなかったな」

上がり框に腰掛けていた為三が、何かに弾かれたように立ち上がると、そのまま表へと駆けて行った。与兵衛は、呆気に取られて、暫く為三の消えた戸口を見詰めていた。

「為三は、幾つになる？」

「ごみ為でようございやす。あの出来損ないも、確か四十四くらいになりやしたか。そんなもんだな？」

光に訊いた。光が頷いた。

「あっしが三十九の時の子供でして、つい、甘やかしたのがいけなかったようで……」

「松吉と四つ五つしか違わないのか。お光さんとは？」

「……ふたつ違いです」光は心なしか、顔を伏せるようにして言った。

「そうかい」

与兵衛は、礼を言って治平の家を辞した。

為三がどこに走って行ったのか、気になりはしたが、寛助らのことも気に掛かった。

取り敢えず、寛助の女房がやっている小間物屋に行くことにした。

翌五月六日。

出仕した与兵衛を待っていたのは、岡っ引が殺されたという知らせであった。聞き付けて来たのは、高積見廻りの同僚・塚越丙太郎だった。

「大騒ぎをしているぞ。殺したのが《百まなこ》だと言ってな」

「殺されたのは、誰だか分かるか」

「そこまでは、知らん」

昨夜の犯行だとすると、殺されたのは寛助たちではないはずだった。昨夜は、治平の家から小間物屋の《ちよ》に行き、今日からの見回りについて、寛助らと細かい打ち合わせをしていたのだ。

与兵衛は定廻り同心の詰所に足を急がせた。与兵衛に気付いた占部が、手招きをしている。与兵衛は、敷居際での挨拶もそこそこに、詰所に入った。

「誰ですか、殺されたのは？」

「柳原のごみ為だ」

与兵衛は一瞬息を呑んだが、直ぐに気を取り直して聞いた。

「場所は？」

「柳原稲荷脇の土手だが、何か思い当ることでもあるか」

「昨夜、柳原の治平を訪ねようと、案内を頼みました。治平の家で別れたのですが」

「殺されたのは、その後のようだな。しかし、何ゆえ、治平を訪ねた？」

「昔のことを訊いておりました」

「為三は親父の逆で、評判の悪い男だった。だが、《百まなこ》が狙う程の大物とは思えねえ」

「《百まなこ》に間違いはないのですか」

「石で殴り殺されているので、手口は違うのだが、死体の近くに《百まなこ》が残されておった」

「千枚通しは使わなかったのですか」

「そうなるな。血がべっとり付いた石も見付かっているぜ」

とにかく、と占部が言った。

「北町の連中が出張っているだろうから、ごみ為の死体だけでも拝ませてもらいに行くか」

「お供いたします」

「おう」

大門脇にある岡っ引の控所から、入堀の政五郎と梅次、勝太、そして寛助と米造、新七が出て来た。そこに更にふたりの中間が加わったので、総勢十名の大所帯となってしまった。

寛助らは、仲居の民が休みを取ったので、一日身体が空いていた。

歩き始めてから占部が、凄《すげ》えな、と言った。

「まるで、殴り込みだ」

為三の死体は既に検分を終え、近くの自身番に運ばれていた。与兵衛らは、自身番に回った。

自身番で休んでいた北町奉行所の定廻り同心・松原真之介《まつばらしんのすけ》が、一同を眺め回して同じことを口にした。殴り込みか。

「為三の死体を見せてくれるか」

「今、姉と名乗る女が来ているが、どうされる？」

「お光さんとは顔見知りですので、上がらせてもらいましょう」

与兵衛が自身番に入るのを見届けてから、松原が占部に訊いた。

「顔は見知っているが、名は知らねえ。あれは、何者だ？」

「高積見廻りをしている滝村与兵衛と言う。なかなかに出来る男だ。これから度々出会うことになると思うので、よろしく頼むぞ」

「どうして、高積がここに出て来るのだ？」

「《百まなこ》捕縛の切り札よ。俺より先を歩いている」

「あの者が?」

寛助が、わざとらしく咳払いをした。

その頃与兵衛は、羽織の袖で光の目から隠すようにして、為三の後頭部の傷口を見ていた。ぱっくりと石榴《ざくろ》のように口を開けていた。

昨夜、駆け出すようにしていなくなった為三は、何を思い付き、どこに向かったのか。それを訊く代りに、与兵衛は言った。

「仏さんは、心利《き》いた者に送らせます。いつまでも治平親分をひとりにしちゃいけねえ。私が送るから、お光さんは一足先にお帰りなさい」

松原と占部の許しを得てから、寛助らに早桶の用意と通夜の支度を任せ、与兵衛は中間の朝吉ひとりを連れて、豊島町の家へと光を送って行った。

家では、治平が床に伏せったまま、天井を見詰めていた。

「為三、でした……」光が、治平の枕許に座って言った。

「いつか、こんなことになるだろうと思っていたが、そうか……。あの馬鹿が、死んだか……」

「はい……」

「どちらの旦那が?」

北町の定廻り同心・松原真之介だと光が答えた。

「何か聞かれたか」

「心当りはあるか、と」

「それで？」

「ない、と答えました」

「分かった。少し眠る」

「はい……」

治平は、天井から目をそらさず、

「滝村の旦那、相済みませんでしたね」と言った。

「いや……」

光は、治平の掻巻の裾を直すと、与兵衛を促すようにして外に出た。

「ありがとうございました」

「通夜だが、寺でやるよう手配しようか」

「いいえ、家でやらせていただきます。敷居が高いから、と為三はこの家に上がろうとしませんでしたが、今夜くらいは、家に上げてやりたいと」

「余計なことを言って済まなかったな」

与兵衛は深く頭を垂れ、治平の隠宅を後にした。

手口の違いからして、為三が《百まなこ》に殺られたという確証はなかったが、死体の近くに《百まなこ》が残されていたことは間違いないことだった。《百まなこ》の仕業だとすると、為三は、昨日の与兵衛らの話を聞き、何かを思い出したか、気付いたのだろう。それで、誰かを強請《ゆす》りに行き、返り討ちに遭ったとも考えられる。

もしそうだとするならば、治平にはとても言えぬな、と与兵衛は思った。

四

与兵衛は中間の朝吉を連れて、三河町の医師・安野洞庵宅に向かった。

洞庵を訪ねるのは、昨日の今日であったが、《百まなこ》の動きが急になって来た以上、ためらってはいられなかった。どうしても訊かねばならぬことがあった。答えてくれなければ、脅してでも訊き出すしかなかったが、それは望むところではなかった。

（行くしかあるめえ……）

岩本《いわもと》町を通り、御染物屋敷の前を過ぎ、小柳町に差し掛かったところで、旦那、と女の声に呼び止められた。

　見回したが、誰もいない。

「旦那」

　普請中の家の奥から、襷《たすき》掛《が》けをした女が出て来た。女は被っていた手拭を取り、襷を外すと、くしゃり、と笑った。《常磐屋》の仲居の民だった。

「こいつは妙なところで会ったな」

　民が奥の方に向かって手招きをした。奥から腹掛けをした若い男が、頭を何度も下げながら現れた。

「連れ合いになる雄吉《ゆうきち》さんです」

「そうか。幸せ者は、この若い衆か。お民さんには、御用の力添えを頼んだことがあってな。頭が上がらんのだ」

「左様でございましたか」

「今日は、お手伝いいか」

「まあ、そんなところ……」と言って、袂で顔を隠そうとして、民が突然真顔になった。

「旦那、そんなこと言っている暇はございませんよ」

「どうしたい？」

「いたんです」

「誰が？」

「誰がって、探していたでしょ、相手の男を。親分が必死になって」

「見付けたのかい」

「間違いありません。あの女と一緒に来てました」

「どこの誰だ？」

「そこ、です」

民が与兵衛の真後ろの大店を指さした。呉服問屋《巴屋《ともえ》》であった。

「《巴屋》の旦那ですよ」

「大手柄だぜ」与兵衛は袂に腕を突っ込み、一分金を二枚取り出した。「剥き出しで済まねえが、これは褒美だ。何かふたりで美味いものを食ってくれ」

「こんなに、よろしいんで」

「御蔭で、血の涙を流して死んで行った者たちの供養が出来るんだ。礼を言うのは、こっちの方だ」

押しいただいているふたりを残し、与兵衛は通りを横切って《巴屋》の暖簾を潜った。

大名家に品を収めている大店だけあって、店のあちこちで武家の奥勤めをしていると思《おぼ》しき女が反物《たんもの》の品定めをしていた。

「これはこれは、滝村様、今日は何か」

紬《つむぎ》の羽織を着、押し出しもよいところから、しばしば主と間違われるが、番頭の安右衛門《やすえもん》だった。

「旦那はいなさるかい?」

「何の御用で? 今月の荷はまだ着いておりませんが」

「今日はな、高積見廻りの務めで来たんじゃねえんだ」

「と仰しゃいますと?」

安右衛門が耳を傾けようとした時、恰幅のよい、六十絡みの男が、内暖簾を分けて、帳場へと出て来た。主の巴屋惣太郎《そうたろう》だった。惣太郎が与兵衛に気付き、歩み寄って来た。与兵衛が惣太郎に言った。

「ここで言うのは憚《はばか》られることなのだがな」

「分かりました。どうぞ、お回り下さい」

番頭に、座敷にお通しするようにと言い付け、惣太郎は帳付けをしている男の脇に腰を下ろした。何やら指図している。

与兵衛は、帳場の裏にある座敷に通された。商いの相談をするために設けられている座敷のようだった。

少し遅れて、惣太郎が入って来た。

「して、滝村様が、何の御用で手前どもに？」

「回りくどいのは嫌いだ。単刀直入に訊くが、お前さん、《常磐屋》、通称《白鷺屋敷》で福という女と遊んだな？」

「藪《やぶ》から棒に、驚きました。何とお答えいたしたらよいものか……」

「何があっても、お店の名は出さねえ。暖簾にも疵《きず》は付けねえ。強請られたか否か、答えちゃくれねえか」

「疵は付けないと仰しゃいましたが、どうやって？」

「お前さんは誰が強請りの張本か知らねえかも知れねえが、《三名戸屋》の主、一皮剝けば香具師の元締・千頭の駒右衛門、そいつが裏にいるのは分かっているんだ。お前さんの他にも、強請られた大店の主がいるんだよ」

「滝村様は高積見廻りで定廻りではございませんでしょう。失礼ですが、どこまで信じてよいものか」

捕物は定廻り同心か臨時廻り同心が行うことで、高積見廻りの役目ではなかった。

「多くは言わねえが、特例でな、千頭の駒右衛門捕縛の頭なんだよ、この俺が」

与兵衛は少しく己の地位を押し上げて言った。

「滝村様が?」

惣太郎は、凝《じ》っと与兵衛を見据えていたが、意を決したのだろう、滝村様を信じましょう、と言った。

「お恥ずかしいことですが、二百両ばかり、取られました」

「その時のやりとり。使いの者の顔。覚えているかい」

「勿論《もちろん》です。使いの者も裏に控えていた者も、このような日のために、すべてはっきりと見ておりますし、記してもおります」

「流石《さすが》は《巴屋》だ。見直したぜ。話してくれるかい」

巴屋惣太郎が話したのは、加賀屋作左衛門が脅されたのと、ほぼ似た展開であった。

「よく話してくれた。二度と奴どもをのさばらせねえと約束するぜ」

《巴屋》を辞した足で、医師の安野洞庵の家に走った。

「何を慌てておいでです?」洞庵が、与兵衛の額に流れる汗を見て驚いた。

「構うな。今日は、どうあっても仙蔵の病について話してもらうぞ」

「昨日お話ししたではありませんか。医師というものは……」

「うるせえ。何人ものひとが殺されているんだ。その前に秘密も糞もあってたまるか」

「どういうことでしょうか」

洞庵が、奥の間に招じ入れながら訊いた。

与兵衛は、座る間も惜しんで、御定法の目を掻い潜り、ひとの生き血を啜りながらのうのうと生きている者どもを、《百まなこ》という者が、次々に殺していることを話した。

「あってはならねえことなのだが、俺は《百まなこ》は仙蔵ではないか、と睨んでいる」

「……」

「だから、そうじゃねえ、違うという確証がほしいんだ。教えてくれ。聞いた上で、なおかつ《百まなこ》が仙蔵だとしか思えねえならば、俺が御縄にする。これ以上罪を重ねさせたくはねえんだ」

分かりました、と洞庵が言った。病のこと、お話しいたしましょう。

「私のところに来た時には、既に胃の腑《ふ》に腫《は》れ物《もの》が出来ておりました。それは薬湯などでどうにかなる、というものではなく、後はどう病《やまい》を誤魔化して生きて行くか、という段階でした」

「余命はこれこれ、と言ってあるのかい？」

「はい。五年。もって六年。恐らく、五年だろうと言いました」

《百まなこ》が、最初の殺しを行ったのは、五年前。岡っ引と、手足となって動いていた下っ引を殺した一件だった。

「近頃咳をしているが」

「胃の腑の腫れ物が、肺腑にも出来たのだと思われます」

「するってえと？」

「危ないですな。市中を駆けずり回っているようですが、よく身体が動くものだと思います」

「ありがとよ。このことは、仙蔵の耳には」

「言われなくとも、決して言いません」

死期を知らされた仙蔵が、身体が動くうちに、と殺しを始めたのか。もしそうだとしても、どうして《花陰》を知っていたのか。仙蔵と松吉が同一人物だと分からなければ、捕えることは出来ない。

誰が、ふたりの繋がりを知っているのか。誰だ？

考えながら奉行所に向かって歩いている時に、誰が仙蔵に手札を与えたのかに、思いが至った。


鐘が鳴った。数えると、昼八ツ（午後二時）を打っている。

昼飯を食っていないことに気が付いた。

「腹ァ、減っているか」振り向いて、朝吉に訊いた。

「へい」

「忘れてたよ。食うのを」

「だろうと思っておりました……」朝吉が汗に光った顔を手拭で拭った。

「手早く食えて、美味いところを知らねえか」

「そうですねえ」

朝吉はぐるりを見回してから言った。

「少し戻って連雀町に行きますと、旦那が食いっぱぐれた浅蜊飯にありつけますが」

浅蜊の旨みが出た汁で青菜を煮たところに溶き卵を掛け回し、とろっとしたら丼に……。思い出した。咽喉がぐっと鳴りそうになったが、与兵衛は堪えた。

「一歩たりとも戻らねえ。奉行所に行き着く間で食うんだ」

「でしたら、竜閑橋の近くに蕎麦屋が出来ましたが」

「何か目新しい工夫でもあるのか」

「汁が味噌味なんですよ。ちょいと甘めのとろっとした汁に蕎麦切りが絡んで、それはもう、癖になること請け合いますが」

「行こう。走るぞ」

その蕎麦屋は繁盛していた。順番待ちの客が通りまで並んでいる。

「何で蕎麦切りの一枚や二枚手繰るのに、並ばなければならんのだ」

ちっとばかし違っていても、蕎麦切りは蕎麦切りだろうが。与兵衛は、朝吉に銭を渡し、お前ひとりで食って来い、俺は奉行所に戻る。言い置いて、堀端の道を急いだ。

定廻り同心の占部は戻っていなかったが、年番方与力の大熊はいた。直ぐにも千頭の件を知らせようかと迷ったが、半刻だけ占部を待つことにした。

出役となれば、月番の北町と連絡を付け、陣容を整えて出張る、ということになる。だが、千頭捕縛の陣頭に立てと言われたら逃げ道はない。与兵衛としては、千頭捕縛よりも、首根っこを摑み掛けている《百まなこ》を追いたかった。与兵衛は一旦玄関を出、奉行所の裏へと回った。作事小屋を過ぎ、更に行くと、台所に続く土間が黒い口を開けていた。

「誰かいるか」

ひんやりとした土間に入りながら声を掛けた。

「おやまあ、珍しい」

現れたのは、半《はん》という下働きの女だった。男衆と手分けして、湯茶を沸かしたり、花を生けたり、廊下の掃除をする女衆の古株だった。与兵衛が見習をしていた十三歳の頃、三十路を過ぎていたから、既に六十近いのだろう。すっかり奉行所の主のようになっている。

「食いっぱぐれちまったんだ。握り飯にありつけるかな」

「たんとあるよお」

飯は、宿直の者の夕餉と朝餉のために常時炊《た》いてあった。その上前をはねるのである。一応は禁止事項だったが、食いっぱぐれると、多くの者がこの台所の世話になった。塩結びがふたつに沢庵が三切れ。それが一人分だった。

「美味そうだ。頂戴するぜ」

框《かまち》に座り、握り飯を食う。銀しゃりが甘い。それを塩味がぴりっと引き締める。沢庵を摘み、口に放り込む。銀しゃりと塩と沢庵が口の中で入り乱れている間に、いつしかなくなる。瞬く間にふたつを平らげ、茶をもらう。

「御馳走さん。この礼はするからな」

「お粗末様」

半に見送られて表に回り、序でに定廻りの詰所を覗くと、占部が帰っていた。早速詰所に入って、千頭の件を話した。

「大熊様には?」

「まだです。まずは占部さんと思いまして」

「よし。直ぐに参ろう」

残さず話を聞き終えた大熊は、目を見開くと大きく頷き、与兵衛に言った。

「ようやった。ここからは、任せておけ、と言いたいが、御縄にしてもよいのか。《百まなこ》捕縛のために、暫く泳がせておいた方がよくはないのか」

「大丈夫でございます」

「実《まこと》か。よし、それでは早速北町と相談の上、千頭一味を一網打尽《いちもうだじん》にしてくれよう。南の指揮は、占部、其の方に任す」

捕縛する者が多人数の場合は、南北の奉行所が共同で捕縛に当り、その時は月番が表から、非番は裏から突入する決まりになっていた。

「私は、もう少しで《百まなこ》に辿り着けるかと思われますので、その方に力を注ぎたく存じます」

「分かった。吉報を待っておる。が、捕物には顔を出せ。出役が決まったら、声を掛けるでな」

話し合いを続けている大熊と占部を詰所に残し、与兵衛は定廻りの詰所に瀬島亀市郎を訪ねた。瀬島は町回りから戻ったところだった。定廻りという役目には休日はなく、非番の月も、受け持ちの地区を回るのである。瀬島が、茶を立て続けに飲みながら言った。

「また、俺に何か用か」

「教えていただきたいことがございまして」

「知っていることならばな」

「《はぐれ》の仙蔵に手札を与えたのは誰なのでしょうか。ご存じならば、お教えいただけませんか」

「仙蔵、か……」

瀬島は、顎を摩《さす》りながら目を閉じていたが、多分、と言って目を開けた。

「亡き里山伝右衛門殿だ」

里山伝右衛門は、与兵衛の腕を最初に認めてくれた定廻り同心だった。里山が活躍していた頃は、何度か調べの力添えをさせてもらったことがあった。仙蔵を評し、獲物を追う狼のようだと言って、与兵衛に教えたのも里山だった。

瀬島に礼を述べるのもそこそこに、与兵衛は組屋敷に駆けた。

里山伝右衛門の後家《ごけ》の志津《しづ》は、夫婦養子をもらい、今は隠居の身となって組屋敷の離れに住んでいた。里山と三つ違いだったから、ようやく里山の没年と同い年になったことになる。

「お久し振りにございます」

「何の、いつも盆暮れには過分な品をいただき、御礼を申し上げます」

嫁が渡り廊下を歩いて来る足音がした。茶と菓子でも持って来るのだろう。

志津が突然、鳥の話を始めた。

「このところ、夜中になると仏法僧《ぶつぽうそう》が鳴きましてね。どこかの洞《うろ》に巣を作ったのかも知れませんね」

志津に合わせ、与兵衛も庭を眺めやるようにして言った。

「三軒先の庭に楠《くすのき》の古木がありますから、多分その辺りでしょう」

「あの鳴き声は、なかなかよいものですよ」

「私も床の中で凝《じ》っと聞き入ることがございます」

茶と菓子を置いた嫁が、丁寧に挨拶をして渡り廊下を戻って行った。

志津が軽く咳払いをした。

「今日は」と与兵衛は改めて言った。「お伺いしたいことがございまして、参りました」

「私に、ですか」

「はい」

「この私で役立つことなら、何なりとお答えしましょう」

「仙蔵という岡っ引の名に覚えはございますか」

「あります」

「何でも構いません。何か里山さんからお聞きになっていることがございましたら、お話し下さいませんか」

「何も話さないひとでしたが、あの仙蔵のことだけは別でした。あの狼が、また獲物を追っていたぞ、とよく話してくれました……」

「お続け下さい」

「仙蔵は、苦労したのだ、と聞かされておりました。ご存じですか。あの仙蔵という名は、親に付けてもらった名ではないのです。行き倒れて死にそうになったところを助けてくれたお坊様が、付けてくれた名だと聞いております。これは、里山から誰にも話してはいけない、と固く口止めされていたことですが」

「昔の名は、何と言ったのか、聞いていらっしゃいませんか」

「さあ、そこまでは……」

「松吉という名に、何か覚えは？」

「まつきち、まつ吉、松吉……。聞き覚えはありませんね」

「そうですか」

「松吉という名だと分かればよいのですか」

「はい。話が繋がるのですが……」

父を追い、江戸を捨てた後で、松吉は行き倒れた。僧侶に助けられ、名を問われ、理由は分からないが、仙蔵と答えたとする。

仙蔵は僧侶の恩に報いるために、真面目に寺仕事をしたのだろう。寺は寄進する者が沢山居れば維持は楽だが、寄進する者が少ない時は博打場などに貸し出す。所謂《いわゆる》、寺銭《てらせん》を稼ぐのだ。その時に仙蔵のような存在は便利だからと、寺に置かれていたのに違いない。

しかし、その仕事振りが余りに真面目なので、そこを見込まれて、まともな職に就けるようにと、新たに仙蔵という名で人別《にんべつ》を起してやったのかも知れない。そして十三、四で捨てた江戸に、仙蔵として戻る――。

「仙蔵と里山さんは、どこで結び付くのでしょうか」

「主水河岸の寛助の他に、里山のところには、本所の文伍《ぶんご》という岡っ引が出入りしておりまして、その文伍が、街道筋の裏に詳しいからと下っ引にしたのが始まりでした。仙蔵は、確か三十をひとつか、ふたつ過ぎていました。その文伍が死んだので、仙蔵が跡を継いだのです」

十三、四の子供が、十八、九年振りに三十二、三になって舞い戻って来た。恐らく、面差しなども様変りしていたことだろう。

「仙蔵に子分はいなかったのですか」

「ひとり、ふたりはいた時もあったのでしょうが、居着かなかったようです。それで《はぐれ》と呼ばれるようになったと聞きましたが、ひとからはぐれてしまったのでしょうね」

「でも、そんな仙蔵を里山さんは可愛がっておられたのですね」

「そうですね。暗い目をしており、私は好きではなかったのですが、里山も本所の親分もよく面倒を見ていました」

「昔のことなのに、よく覚えておいでですね。驚きました」

「訊かれたばかりなので、覚えていただけですよ」

「訊かれた?」

「中津川悌二郎と名乗っておられました。やはり、南の同心でいらっしゃるようでした」

「中津川には、同じようなことをお話しに?」

「いいえ。里山に言うなと言われていたことは、話しませんでした。松吉という名も知らなかったようです。確か、柳原に治平という岡っ引がおり、その子分が江戸を売ったという話をしていましたね」

「そうですか」

中津川は、柳原の治平を訪ねたはずだった。治平から松吉の名を聞いていなかったのだろうか。それとも、中津川には話そうとしなかったのか。

「仏法僧のことなどを話して上げましたら、お帰りになりました」

志津が目の隅で小さく笑った。以前の志津にはない笑いだった。

与兵衛は、里山家を辞すると、奉行所に走って戻った。

南町奉行所の中は、千頭の駒右衛門捕縛の準備でざわめいていた。北町との協議の結果、出役が急遽《きゆうきよ》今宵と決まったのだった。占部と当番方の与力、同心、それに捕方が出役姿に着替え、北町との約束の刻限が来るのを待っていた。

奉行所には中津川の姿は見えなかった。町回りに出たきり戻っていないらしい。

不意に、嫌な予感がした。まさか、仙蔵のところに行っちゃいねえだろうな。中津川の行き先を頭の中で追っていた与兵衛に、占部が叫んだ。

「どこにおった？　一緒に参れ。これは、お前の手柄だぞ」

五

雉子町の《三名戸屋》の四囲からひと通りが絶えた。暮れ六ツ（午後六時）の鐘が鳴り終り、夜露のような静寂が棚引いた時だった。

一斉に高張提灯《たかはりぢようちん》が上がり、次いで表を受け持った北町奉行所の捕方勢が、表戸を叩き壊し始めた。音に合わせ、南町も裏戸を蹴破り、店の中に突入した。

物が倒れ壊れる音に交じって、喚き声やら悲鳴やらが立て続けに起る。

与兵衛は、形の上の指揮官である当番方与力と肩を並べて、展開を見守っていた。占部は、鎖帷子《くさりかたびら》を着込み、籠手《こて》や臑当《すねあて》をつけ、刃引きの脇差と十手を手に、店の奥に入り込んでいる。

表に捕方の輪が出来た。輪の中心で浪人が太刀を振り回している。浪人の背後にいる太った男は、千頭の駒右衛門であった。駒右衛門が何か叫んでいる。店の中から、子分が三人走り出て来て、駒右衛門の周りに付いた。

北町の同心と占部が、浪人と駒右衛門の間に捕方を入れようと力押しをしている。占部が子分のひとりを十手で殴り倒した。駒右衛門を取り囲んでいた塊《かたまり》が乱れた。

浪人が振り向いて駒右衛門を見た。助けるのは無理と判断したのか、己ひとり逃げ延びようと考えたのか、駒右衛門との間合を開け始めた。

浪人の太刀が、捕方の六尺棒を真っ二つに斬った。捕方の足が竦《すく》んでいる。浪人が走り出そうとした。

与兵衛は周りを見たが、頼りになりそうな者は誰もいなかった。横に走り、浪人の行く手を塞いだ。

浪人は肩で息を吐くと、太刀を正眼に構えた。与兵衛も剣を抜き、正眼に据えた。

「見覚えがあるな」と浪人が言った。

「思い出してみろ」与兵衛は言った。

「どこで会った？」

「思い出せねえのか」

「言え」

「誰が教えるか」

額に青筋を奔《はし》らせ、浪人が突っ掛けた。剣の峰で躱《かわ》し、胴を取りに行くと見せて、与兵衛は脇に回り込んだ。

「その腕で俺に勝てるつもりか」

浪人が鋭い打ち込みをくれた。真後ろに跳んだ与兵衛を見て、更に足を踏み出した刹那、与兵衛の剣がすっと伸び、浪人の右手首を斬り裂いた。皮一枚を残して、浪人の手首が垂れた。

「退き技か。汚《きたね》えぞ」

「違うな。怒っちまった時に、お前さんの勝ちは、逃げたのよ」

捕方が駆け付け、浪人に縄を打った。与兵衛は、当番方の与力の脇に戻り、尚も続く捕縛の様子を見守った。駒右衛門も子分どもも、知らぬ間に縄を打たれていた。

それから四半刻足らずで、引き上げになった。

占部が与兵衛の横に来て、見事だったな、と言った。浪人との立ち合いを見ていたらしい。

千頭の駒右衛門始め、捕縛された者どもは、月番である北町奉行所に引き立てられて行った。当番方の与力と占部らは、これに付き添う義務があり、その後南町奉行所に戻ることになる。

「待っていろよ。後で」

と飲む真似をした占部に、まだやることがあるから、と後日を約して丁重に断り、与兵衛は奉行所に急いだ。

千頭捕縛の一報を受けて、奉行所は沸《わ》き立っていた。

与兵衛は大門裏にある岡っ引の控所に入った。いつもならば、殆《ほとん》ど無人に近いのだが、捕物出役があるので残っている岡っ引がいた。

「中津川悌二郎の手の者が誰だか、知っている者はいないか」

奥にいた四十絡みの岡っ引が、芝口の善助《ぜんすけ》でございやす、と名を挙げた。

「こんな刻限に済まねえが、芝口まで走ってくれねえか。善助がいたら、中津川が今どこにいるか、いなければどこに行っているか、訊いて来てほしいんだが、頼めるか」

「造作もねえこって」

「俺はな」

「存じておりやす。滝村の旦那でございやすね」

岡っ引にとって、これから売りだそうという同心と繋がりを持つことは望むところだった。岡っ引は子分ひとりを供に、奉行所を飛び出して行った。

半刻（一時間）も経たずに岡っ引が戻って来た。着くなり、首を横に振った。

「いけませんや」

中津川の旦那の姿が見えないので、芝口でも探しているという話でございやした。

与兵衛は走ってくれた礼にと岡っ引に小粒を与え、奉行所を後にした。

駆けた。柳原の治平の家までが、ひどく遠く感じられた。

治平の家は、灯された提灯の明かりで溢れていた。通夜の客に酒を振舞っているのだろう、器の触れ合う音が通りまで響いて来る。寛助が所在なげに通りの石に腰を下ろし、煙草をくゆらせている。与兵衛は下っ引のふたりに寛助を呼びに行かせ、治平の家に上がった。与兵衛は治平と寛助らを片隅に集め、千頭の駒右衛門を捕縛した顚《てん》末《まつ》を話して聞かせた。

「そいつは、為三にとっては、何よりの餞《はなむけ》でございます。岡っ引としては半端物《はんぱもの》でございましたが」

おめでとうございやした。治平が、通夜の場に不似合いな祝いを口にした。

拝まれるようにして治平の家を辞して来た寛助らに、与兵衛は中津川の居所が分からないことを告げた。

「どうも嫌な気がしてならねえんだが、中津川を探すのは芝口の親分に任せるとして、こっちもうかうかしちゃいられねえ。夜も昼もなく、交代で仙蔵を見張るぞ」

「いつからにいたしましょう？」

「たった今からだ」

明日にでも見張り所を決めるとして、今夜は木陰に潜んで見張ることにした。見張りを買って出た米造と新七に、朝までの見張りを頼んだ。

翌五月七日早朝、中津川悌二郎の死体が神田川に浮かんだ。

知らせは、死体を見付けた者から自身番、北町奉行所を経由して、南町奉行所に届いた。

南町から、昨夜探していたとして与兵衛に知らせが入ったのは、六ツ半（午前七時）を回った頃だった。

与兵衛は飯も食わずに組屋敷を飛び出し、死体を安置してある久右衛門町《きゆうえもんちよう》の自身番へと急いだ。

自身番の外に寛助がいた。

「ばかに早《は》えな」

「見張りのふたりに飯を届けに来たところで。中津川の旦那だと聞きましたので」

仙蔵の家のある神田佐久間町と久右衛門町は、目と鼻の先だった。

大胆な仕業なのか、それとも、もう身体が言うことを聞かなくなり始めているのか。

「改めさせてもらってもよいですか」

北町の同心に言い、簡単な調べを始めた。

静かな死に顔だった。争った形跡はなかった。ただ、顔の黄ばみが、死後、水に落されたことを物語っていた。

傷口はひとつ、胸を刺し貫いた小さな傷だけだった。為三の一件だけが例外で、中津川の死因は、これまでの殺しの手口と同様、千枚通しを使ったものと思われた。

寛助と共に手を合わせているところに、中津川の御新造と嫡男の光二郎《こうじろう》が自身番に着いた。泣き崩れる御新造に背を向け、外に出て、与兵衛は死体が見付かった時の様子を北町の同心に尋ねた。

医師の見立てによると、殺されてから半日が経過しているということだった。すなわち殺された刻限は、昨夜の暮れ六ツ頃になる。丁度、与兵衛らが千頭の捕縛に取り掛かっていた頃だった。その時の嫌な予感を思い出しながら、与兵衛は寛助を促して仙蔵の家に向かった。

仙蔵の家は、ひっそりとしていた。

表の戸を、そっと横に引いた。音もなく、すっと開いた。

与兵衛は、寛助らに手で待つように命じ、雪駄を脱いだ。

「どちらさんで?」奥から仙蔵の声がした。

「南町の滝村与兵衛だ」

「どうぞ、お上がり下さ……」咳が途中で言葉を遮った。

与兵衛は狭い台所に目を遣った。竈《かまど》の灰が、黒く湿っていた。長いこと火を焚《た》き付けていないのだろう。流しの板も干上がり、米櫃《こめびつ》の蓋《ふた》には埃《ほこり》が積もっていた。

与兵衛は太刀を腰から抜き、右手に持った。作法である。左手に持てば、忽《たちま》ち抜き払えるが、右手では持ち替えなければならない。危害を加えるつもりはない、という意思表示であった。狭い板床を踏み越えると、奥の四畳半に仙蔵がいた。腹掛に股引姿で長火鉢の前に腰を下ろし、火箸をいじりながら湯飲みで酒を飲んでいる。

「咳が聞こえたが、身体の具合が悪いんじゃねえのか」

長火鉢を挟んで、与兵衛も座った。

「ただの風邪《かぜ》でございますよ」

「飯は食っているのか」

仙蔵の頬が、こけていた。

「米の汁を飲んでおりますから」

誰かに聞かれると、そう答えているのだろう。おかしくもないのに、仙蔵が片頬を歪めるようにして笑った。

「どうしてだ？」と与兵衛が訊いた。

「……何が、でございやす？」

「どうして、中津川を殺したかと訊いているんだよ」

「何のことだか……」咳をした。咳を誤魔化そうと酒を呷《あお》り、噎《む》せている。仙蔵の背が覗いた。十手を腹掛の紐に差していた。

仙蔵の咳が収まるのを待って、与兵衛は言った。

「その咳を、俺に聞かれなかったと思っているのかよ」

「何のことを仰しゃっているのか……」

「それが、松吉の成れの果てか」

仙蔵は酒を注ぎ足すと、口許まで運んだが、そのまま猫板の上に戻した。

「よくお調べになられたようで」

「随分と遠回りをしたがな。ごみ為は、お前の正体に気付いて強請りにでも来たのか」

「えっ」

仙蔵の目が宙を漂った。何かを考えている。思いが至ったのか、頷いて見せた。

「御明察の通りで。治平親分には済まねえことをしちまいやした」

「親分は、お前さんが死んだと思っていたぜ」

「まだお元気な頃、町でお見掛けしたことがありやした。あっしは隠れちまいやしたが……」

仙蔵が目を閉じ、頭を下げた。

「手前、何人殺せば気が済むんだ」

「あっしは手当り次第に殺している訳ではござんせん。ただ、こうと決めたことを、邪魔されたくなかっただけでございやす」

「後、何人殺すつもりだ」

「ひとりだけです。もう身体が動きやせん」

「千頭は捕えた。誰だ」何か言おうとして、仙蔵が噎せた。膝許の手拭を摑み取ったが、僅かに遅れ、咳が与兵衛の顔を打った。

与兵衛が顔を背けた瞬間だった。手拭がふわっと広がり、視界を覆い、その向こうから突きが打ち込まれた。

与兵衛は仰け反るようにして避けながら、左手で脇差を抜き払い、仙蔵の小手を打った。ざっくりと斬れた手首から血が噴き上がり、茣蓙《ござ》を敷いた床に、障子に、そして己と与兵衛に振り掛かった。

手から十手の丸棒身が転げ落ちた。丸棒身には千枚通しが仕込まれていた。

「仕込んだことを分からせねえように、細紐で巻いていたのか」

「中津川の旦那は見事に引っ掛かったんですが、流石は退き技で鳴らす滝村の旦那だ」

「これからという者を殺しておいて、やはり手前は単なる人殺しだな」

「仕方なかったんでございますよ。まだ捕まる訳には行かなかったもので」

「中津川は、よく手前のところに辿り着いたな」

「あっしが起した三件の殺しを調べたんだそうでございやす。どうして他の者でなく、あの四人だったのか、とね。そして、奴どもの悪行から、あっしの狙いが次は千頭と読んだのだそうです」

「なぜ手前が《百まなこ》と分かったのだ？」

「豊島町の福と弥吉が殺された時、逃げて行く後ろ姿を見て、あっしではないかと疑いを持たれたようでございやす」

どうして見たと言わなかったんだ。中津川に心の中で叫んだ。あの時、見たと言ってさえいれば、殺されずに済んだかも知れねえじゃねえか。与兵衛は、込み上げて来る口惜《くや》しさを呑み込みながら、中津川の子供は、と言った。

「まだ元服前だ。丁度、手前が江戸を売ったのと同じ年頃だ」

仙蔵が深く頭を垂れた。

「申し訳ねえことをいたしやした……」

「その一言を待っていたぜ。遅かったがな」

「旦那……、お願いがふたつ、ございやす」

仙蔵が噴き出す血を手拭で押さえながら言った。

「何だ」

「ひとつは浜田屋宗兵衛でございやす。何としても捕えておくんなさい」

与兵衛は、芝大門前の店先にいた不気味な底光りをする目の男を思い出した。あいつ、か。

「もうひとつは……」

仙蔵が火箸を手に取り、下顎に当てた。研《みが》きを掛けていたのか、尖っている。

「牢屋は御免ですので、死なせていただきやす」

「結局、手前は親父のように生きたってことか」

「あっしは逃げやせんでした」

「足で調べて捕える。真っ当な捕物からは逃げたじゃねえか。親父はどうした？　見付けたのか」

「あっしが殺しやした。十六の時に……」

「何……」

「あの男は生きていちゃいけなかったんです」

「親父だろう、手前の」

「だからこそ、殺したんです。ようやく見付けた親父は、薄汚い盗っ人に成り下がっておりやした。そんな親父でも、あっしに気付いた時は、喜んで駆け寄って来やした。だから、その腹を刺してやったんですよ、あっしは。寄るな、と言ってね」

「……」

「餓鬼の頃は、親父が自慢でした。その親父が十手を笠に着て、町屋の衆をいたぶっていた。驚きやした。嘘だと思いたかった。親父の悪口を言う奴をぶん殴ったこともありやした。ですが、その親父が女を騙して岡場所に売る女衒《ぜげん》のような真似をしていたんですぜ。しかも、金のいざこざで仲間を殺して逃げてった。そんなのは、親父じゃねえ。十手持ちの風上にも置けねえ。そうでしょ？　だから俺は、俺の手で、葬ってやったんですよ」

「ようやく分かったぜ。お前が岡っ引の岩松と手下を最初に殺した訳がな」

「親父に似ていやがったんでございやすよ」

「《若戸屋》も《坂口屋》も、女を食い物にしていたから殺したんだな」

「許せなかったんですよ。どうしてもね」

「親父を殺した時に、松吉って名を捨てたのか」

「惜しい名でもありやせんでしたからね」

「どうして江戸に戻って来た？」

「……生まれ故郷なんでございやすよ。ですが、江戸に戻ろうと決めた時から、今日のこの日が来るのは分かっておりやした。止《とど》めは要りやせんぜ」

言うなり仙蔵は、下顎から脳天に向けて、火箸を突き刺した。仙蔵は大きく見開いた目で与兵衛を見詰めると、口を微かに動かした。

何か言おうとしているように見えた。何だ？　与兵衛は大声で訊いた。仙蔵の口が動いた。動く度に血潮が口から溢れ出し、やがて事切れた。

「滝与の旦那」

寛助らが駆け込んで来た。その後から光の叫び声が聞こえた。

「仙さん」

「そう言うことだったのかい」

与兵衛がゆらりと立ち上がった。

光は、血の海に横たわっている仙蔵を見下ろしながら、瘧《おこり》に罹《かか》ったように全身を震わせていたが、弾かれたように駆け寄り、亡骸《なきがら》に取りすがった。与兵衛は暫くの間、光が泣くままに任せていたが、やがて、

「仙蔵が《百まなこ》だと知っていたのか」と尋ねた。

「いいえ……」ずっと知らなかった、と光が答えた。

「いつ気が付いた？」

「それは……」

光が言い淀んだ。

「為吉が治平の家を飛び出した時か」

「その時、もしかしたら、と思ったんです」光が答えた。

「だが為三は俺たちの話を聞いて、仙蔵の正体に気が付いた」

「はい」

「よく為三が気付いたもんだな」

「以前、仙さんと立ち話をしているところを見られたことがあったんです……」

「ぴんと来た為三は、この家に来て、家捜しをした」

その通りだ、と光が言った。

「為三が、この家から《百まなこ》を持ち出したのを、お前さんは見ちまったんだな」

光が頷いた。

「それで取り返そうと追い掛けたのか」

「やっと柳原稲荷のところで追い付いたので、返すように頼んだのです。でも、聞いてくれなくて摑み合いになったのです。そうしたら、為三が木の根に足を取られて転んでしまい、そこに石があって……」

「頭をぶつけちまったのか」

「はい」

「《百まなこ》は取り返したのかい」

「はい」

「だが、仏の近くに落ちていたぜ」

「私は、為三が持ち出したのは一枚と思っていたのですが、もう一枚持ち出していたのでしょう。それが落ちていたのだと思います。《百まなこ》が落ちていたと聞いた時は驚きました……」

「分かった。お光さん、もう何も言うな。為三殺しは《百まなこ》の仕業だ。それでいい。誰にも、何も言うな」

「でも旦那、私は実の弟を……」

「殺しちゃいねえ。為三が蹴《け》つまずいて石に頭をぶつけたんだ。それでいいじゃねえか。仙蔵は、実の親を殺しちまった。それがあいつの殺しの始めだった。そんなのは、仙蔵ひとりで沢山だ」

「……」

「治平とっつぁんをひとりにしちまうのか。仙蔵が喜んで、為三の分も引っ被ってくれたんだ。仙蔵と為三の菩提《ぼだい》を弔え。それがお光さん、あんたの務めだ」

寛助が、仙蔵に取り縋る光の肩に手を置いた。

与兵衛は、米造と新七に南町奉行所に走り、その後でゆっくりと北町奉行所に行くように命じた。

「急ぐなよ。途中で蕎麦切りでものんびり食ってから行けよ」

「滝与の旦那、あっしは」

「寛助は、お光さんを治平親分の家まで送り届けてもらおうか。治平とっつぁんには、くれぐれも気取られねえようにな」

「分かっておりやす」

「俺はここで待っているから、戻って来てくれよ」

「へい」米造と新七が、仙蔵の家を後にした。

光が力無く立ち上がりながら、仙蔵を見詰めた。

「仙蔵とは、いつからなんだ?」与兵衛が訊いた。

「子供の頃からです」

「ずっと、か」

「はい。互いに、口にしたことはありませんが」

「なら、仙蔵として戻って来た時には」

「直ぐ分かりました。待っていたのですから」

「どうして一緒にならなかったんです」寛助が訊いた。

「それを、あの人が求めなかったからです」

「お前さんは……」

「それをお訊きになるんですか……」

光は、唇を噛み締め俯《うつむ》いた。

「治平親分と、松吉のことについて話したことは?」与兵衛が尋ねた。

「ありません。父は、忘れることにしたのでしょう。思うことはあったのかも知れませんが……」

「そうか……。待ちな」

与兵衛は、部屋の隅に転がっていた湯飲みを手に取り、袖で拭うと、そらっ、と差し出した。

光が拝むようにして受け取った。

光は、仙蔵に背を向けた。だが、去り難いのか、戸口に手を置いたまま、動かない。

寛助が頷いた。

「頼むぜ」

「寛助」

「へい」

寛助が振り向いた。

「仙蔵は誰から手札をもらっていたと思う？」

「里山の旦那でござんしょう」

「何だ、知ってたのか」

「滝与の旦那こそ、ご存じなかったんですか」言い終えてから、えっと驚き、続けた。「知っておられるものとばかり、思っておりやした」

与兵衛は、やっとの思いで口を開いた。

「そうか、知っていたのか……」

考えてみれば、当然のことだった。里山さんの下に寛助と同じように出入りしていた文伍の手下が仙蔵だったのだ。文伍亡き後、仙蔵が跡を継いだというのも、寛助には自明のことだ。端《はな》から寛助に問い質《ただ》しておけば、こんな遠回りをしなくても済んだのかも知れない。

「訊いて下されば」

「そうだな」

「それじゃ、滝与の旦那」

寛助は、光の背を押し、外へ向かってしまった。

己一人になった与兵衛は、部屋の中を見回した。長火鉢の他には、これという調度すらない寒々とした部屋だった。

最後まで仙蔵は、光のことを一言も言わなかった。だが、恐らく、光がいるからこそ、江戸に舞い戻って来たのだろう。

「不器用な奴だな、お前は」

与兵衛は、物言わぬ仙蔵の亡骸に呟いた。

駆け付けて来た占部に事の顚末を話し、北町の同心の調べに付き合っているうちに、刻限は昼九ツ（正午）を回ってしまっていた。

与兵衛が南町奉行所に着いたのは、九ツ半（午後一時）を過ぎていた。

高積見廻りの詰所に行くと、五十貝が待ち構えていた。

「ようやった。参るぞ」

年番方与力の詰所に行くのだ、と言う。

「その前に……」

与兵衛は、五十貝と見回りから戻って来ていた塚越を座らせて、頭を下げた。

「実は、お話がございます」

六

定刻に奉行所を出、組屋敷へと向かった。中間の朝吉が、鼻歌のひとつも歌いたそうな顔をしている。

「刻限通りに帰るってのは、いいもんだな」

「今、それを申し上げようかと思っていたところで」

「何だか、矢鱈《やたら》と食いっぱぐれていたような気がするぞ」

「浅蜊飯ですが、覚えていらっしゃいますか」

「おう、連雀町だったな」

「もう味が落ちちまいましたよ」

「おい、そいつはねえだろ。早過ぎるぜ」

「私に言われても。食べられる時に食べなかった旦那が悪いんですぜ」

「そうか……」

組屋敷の木戸近くで、同じ南町同心の御新造と擦れ違った。ひどく丁寧に挨拶をされ、這々《ほうほう》の体で玄関に入ると、酒の角樽が並んでいた。

多岐代と与一郎が慌てて出て来た。

「お帰りなさいませ」

「いかがいたしたのだ?」与兵衛が角樽を指さした。

「お祝いでございます」

「何の」

「お手柄を立てられたと聞いております。それで、定廻りになられるとか」

「それならば、断った」

「はい?」

「もう暫く、高積でいる、となる。中津川が殺されたのに、己ひとりだけ定廻りになる訳には行かぬ」

「左様でございましたか」

「済まぬな。定廻りになると、付届の額が跳ね上がるのだがな」

「何を仰しゃいます。私どもならば、今の暮らしで十分でございます」

咳払いが奥から聞こえて来た。足音も近付いて来る。朝吉が、御用箱を式台に置くと、そそくさと帰って行った。入れ替りに、豪が玄関に現れた。

「町火消人足改にして下さい、とどうして言えなかったのです。私が、大熊様に掛け合って参ります。一番上等な角樽を寄越しなさい」

「母上。町火消になる日もそう遠くはございませんぞ」

「実《まこと》ですか」

「ですから、ここはあまり目立った動きはせずにいるのが賢明かと」

「大熊様と、何か約束をいたしたのですか」

「勿論でございます」

「それは何よりです。早速御父上様にご報告せねば」

豪が、満足そうに自室に引き上げた。小さな鉦の音がした。

「約束、なされたのですか」

「するはずなかろう」

「まあ」

多岐代はくすくすと笑うと、与一郎に言った。

「私たちは、御父上様に騙されないようにいたしましょうね」

「私なら大丈夫です」

「どうしてです？」

「父上は嘘を吐こうとすると、つま先がぴくぴく動くからです」

「やはり、母子なんですね」

多岐代も気付いていたのだ、と与兵衛は思った。

切り取り線

一〇〇字書評

百まなこ

購買動機（新聞、雑誌名を記入するか、あるいは○をつけてください）

□（　　　　　　　　　　）の広告を見て	
□（　　　　　　　　　　）の書評を見て	
□ 知人のすすめで	□ タイトルに惹かれて
□ カバーが良かったから	□ 内容が面白そうだから
□ 好きな作家だから	□ 好きな分野の本だから

・最近、最も感銘を受けた作品名をお書き下さい

・あなたのお好きな作家名をお書き下さい

・その他、ご要望がありましたらお書き下さい

住所	〒				
氏名		職業		年齢	
Eメール	※携帯には配信できません	新刊情報等のメール配信を 希望する・しない			

この本の感想を、編集部までお寄せいただけたらありがたく存じます。今後の企画の参考にさせていただきます。Eメールでも結構です。

いただいた「一〇〇字書評」は、新聞・雑誌等に紹介させていただくことがあります。その場合はお礼として特製図書カードを差し上げます。

前ページの原稿用紙に書評をお書きの上、切り取り、左記までお送り下さい。宛先の住所は不要です。

なお、ご記入いただいたお名前、ご住所等は、書評紹介の事前了解、謝礼のお届けのためだけに利用し、そのほかの目的のために利用することはありません。

〒一〇一‐八七〇一
祥伝社文庫編集長 坂口芳和
電話 〇三（三二六五）二〇八〇

祥伝社ホームページの「ブックレビュー」からも、書き込めます。
http://www.shodensha.co.jp/bookreview/

祥伝社文庫

百《ひやく》まなこ　高積《たかづみ》見廻《みまわ》り同心《どうしん》御用《ごよう》控《ひかえ》

平成 19 年 10 月 20 日　初版第 1 刷発行
平成 26 年 6 月 15 日　　　第 2 刷発行

著　者　長谷川《はせがわ》　卓《たく》

発行者　竹内和芳

発行所　祥伝社《しょうでんしゃ》
東京都千代田区神田神保町 3-3
〒 101-8701
電話　03（3265）2081（販売部）
電話　03（3265）2080（編集部）
電話　03（3265）3622（業務部）
http://www.shodensha.co.jp/

印刷所　萩原印刷
製本所　ナショナル製本

Printed in Japan ©2007, Taku Hasegawa ISBN978-4-396-33389-8 C0193